KB121268

로크미디어가
유혹하는
재미있는 세상

ROK
MEDIA
로크미디어

악가의 무신 7

2023년 6월 15일 초판 1쇄 인쇄
2023년 6월 20일 초판 1쇄 발행

지은이 서준백
발행인 강준규

기획 이기헌 왕소현 임동관 박경무 강민구 조익현
책임편집 천기덕
마케팅지원 이원선

발행처 (주)로크미디어
출판등록 2003년 3월 24일
주소 서울시 마포구 마포대로 45 일진빌딩 6층
Tel (02)3273-5135 Fax (02)3273-5134
홈페이지 rokmedia.com E-mail rokmedia@empas.com

ⓒ 서준백, 2022

값 9,000원

ISBN 979-11-408-0648-5 (7권)
ISBN 979-11-408-0641-6 04810 (세트)

이 책의 모든 내용에 대한 편집권은 저자와의 계약에 의해
(주)로크미디어에 있으므로 무단 복제, 수정, 배포 행위를 금합니다.

작가와의 협의에 의해 인지는 생략합니다.
잘못된 책은 구입처에서 바꾸어 드립니다.

차례

새로운 불씨 (2)

흑공파사(黑孔巴蛇).

푸른 비늘에 검은 점 같은 숨구멍을 가진 거대 구렁이다.

그 숨구멍의 생김새 때문에 검은 이무기라 불리기도 했다.

그늘진 수심 밑을 서식지로 삼으며, 먹잇감은⋯⋯.

'오독섬여(五毒蟾蜍).'

설상가상 놈의 등장에 위협을 느낀 두꺼비들이 일제히 뿌연 독을 토해 내기 시작했다.

수중에 떠다니는 온갖 독도 모자라 영역 침범에 분노한 흑공파사들까지 상대하게 된 것이다.

심지어 놈들은 일전에 경험했었던 암린저파룡 못지않게 빠르다.

'손으로 싸우는 게 낫겠어!'

물속에서는 창보다 수발이 빠른 손발이 나았다.

그으으으! 콰악!

먼저 악운은 입을 벌린 흑공파사들의 머리를 가격하여 옆으로 쳐 냈다.

콰악! 콰악!

순식간에 대여섯 마리의 흑공파사들이 악운에게 가격당하여 옆으로 강하게 밀려났다.

솨아아!

그사이 다른 흑공파사들이 악운의 팔다리를 옥죄려고 했다.

하지만 악운의 몸은 사람이라고 보기에 어려울 만큼 빠르고 유연했다.

물의 중압을 전혀 받지 않는 움직임이었다.

그으으으!

수십 마리의 흑공파사들이 악운의 신체를 조금도 달라붙지 못하고 헛물만 켰다.

해경신보(海徑迅步)의 기예였다.

게다가 몸 안을 휘돌기 시작한 해룡포린공은 상반신까지 푸른 비늘을 유형화시켜서 악운을 심해어처럼 호흡할 수 있게 도왔다.

이제 문제는 호흡을 하며 자연히 몸 안에 밀려드는 독.

악운의 양팔에 푸른 혈관이 돋아났다.

국화독장(菊花毒掌) 팽와(膨渦)의 장(章).

밀려드는 독을 막을 수 없다면 물에 스며든 모든 독의 입자를 흡수하고 활용하면 될 일.

콰콰콰콰!

손바닥에서 강한 역장(力場)이 일었다.

역장은 어디까지나 독에 한정되어 있지만 지금, 악운의 사방에 널린 것은 물에 스며든 독의 입자들이다.

그 말은 곧……

'이곳은 너희가 아니라, 나의 공간이다.'

그오오오오!

강한 역장이 독을 자극하고, 독은 물을 끌어온다.

흑공파사들이 위협을 느낀 듯 일제히 울어 댔다.

그으으으!

하지만 웅혼한 내공으로 시작된 역장의 물살은 제아무리 흑공파사들이라도 어쩔 수 없었다.

콰콰콰콰!

물살을 뚫고 악운을 향해 쇄도하던 수십 마리의 흑공파사들이 역장의 소용돌이 안에 휩쓸렸다.

오독섬여, 흑공파사, 한소지양화리.

연못 안에 있는 모든 영물들이 한데 뒤섞여 악운의 손끝에 갇힌 것이다.

쾅! 쾅! 쾅!

엄청난 크기의 구렁이들이 물살에 휩쓸려 강하게 충돌하고, 악운의 의지가 닿아 있는 수압(水壓)에 짓눌리기 시작했다.

그렇게 회전력이 절정에 치닫기 직전.

역장의 방향이 수면으로 향했다.

쿠아아앙!

역장의 소용돌이가 연못을 가득 메우며 격렬하게 소용돌이쳤다.

한정된 장소에 태풍이 몰아친 것 같았다.

"맙소사……!"

"저건…… 또 뭐야?"

재해나 다름없는 현상에 일행의 눈이 휘둥그레졌다.

얼마쯤 흘렀을까?

하늘에 닿을 것처럼 휘몰아치던 소용돌이가 어느 순간 일제히 터져 나갔다.

펑! 펑! 펑!

소용돌이의 역장 안에 몰려 있던 수많은 영물들이 순간적인 수압을 못 견디고 지상 바깥으로 분출됐다.

쾅! 쾅! 쾅! 퍼더더덕!

배를 뒤집고 죽은 독 두꺼비들은 물론이고, 붉게 달아오른 잉어들이 지상으로 비처럼 쏟아졌다.

호길이 놀란 눈으로 허공을 뒤덮은 거대한 그림자들을 가리켰다.

"저…… 저기!"

수십 마리의 흑공파사들이 형체를 알아보기도 힘들 만큼 짓눌려서 연못 바깥으로 날아오른 것이다.

"젠장. 피해! 떨어진다!"

백훈이 재빨리 호길의 목덜미를 낚아채며 신형을 날렸다.

일행이 흩어지자 그 자리로 구렁이들이 떨어졌다.

쾅! 콰콰콰쾅!

구덩이가 파이며 강한 먼지바람이 연못 주변에 불어닥쳤다.

자리를 피한 현비가 황당한 눈으로 중얼거렸다.

"마른하늘에 날벼락이 따로 없네."

"내 말이."

금벽산이 고개를 끄덕였다.

악운은 걷혀 가는 먼지바람 속에서 걸어 나왔다.

걸어나오는 동안에도 악운의 몸에서 피어오른 태양신공의

강한 열기는 빠른 속도로 젖은 그의 몸을 말려 갔다.

그래서 악운이 다시 일행의 앞에 서게 됐을 때, 그의 모습은 처음 연못 안으로 들어가기 전과 크게 다르지 않았다.

탁, 탁-!

가볍게 옷매무새를 정돈한 악운은 할 말을 잃은 일행에게 넌지시 물었다.

"다들 왜 그런 눈으로 보십니까?"

백훈이 헛웃음을 흘렸다.

"그걸 몰라서 물어?"

"아, 이거 때문에?"

악운이 바닥에 떨어져 있는 영물들을 가리켰다.

별일 아니었다는 듯 너무나 평온한 모습에 백훈도 더 이상 무슨 말을 해야 할지 가늠이 되지 않았다.

'나 참……'

웬만한 일에는 눈 하나 꿈쩍 않는 악운에게 무슨 말을 더 하랴.

백훈은 더 말하기를 포기하고 말했다.

"안에서의 일은 문사 놈에게 들었어. 멀쩡한 걸 보니 몸 상태도 당연히 괜찮겠네."

악운이 고개를 끄덕였다.

"그렇긴 한데. 아직 못다 한 얘기가 있어."

서태량이 고개를 갸웃거리며 물었다.

"소가주, 못다 한 얘기가 무엇입니까?"

"음…… 영물들이 전부가 아니었던 모양입니다."

호사량이 눈을 번쩍 떴다.

"설마 영물들 말고도 다른 보물이 더 있었다는 것이오?"

"예. 그런 것 같습니다. 영물들과 사투를 벌이다 보니 자연히 연못의 틀을 이루는 흙벽이 무너졌더군요. 그 안에 철문이 감춰져 있었고요."

호사량이 흥미로운 표정을 지었다.

"분명 물이 닿지 않는 곳일 것이오. 애초에 이 영물들은 그 문을 감추기 위한 미끼였던 게로군."

그러자 가장 신난 건 현비였다.

"그렇지! 황군의 수송대라는 작자들이 이따위 영물들이나 풀어 놨을 리가 없지! 진귀한 명주 정도는 숨겨 놔야 황군 수송대 아니겠어요!?"

"하하……."

떨떠름한 일행 사이로 악운이 어색하게 웃었다.

가끔 보면 꼭 과거의 사부를 떠올리게 하는 여인이었다.

"그럼 계속 조사해 보는 것으로 결정하시지요."

현비가 히죽 웃었다.

"당연하죠!"

"다만 그 전에 하나 제안드릴 것이 있습니다."

"뭔데요?"

"현재 수거하게 될 영물들은 제게 맡기시는 것이 어떻습니까?"

"소가주에게요?"

"예. 이 연못 안의 영물들은 각자 공생 관계에 있었습니다. 그 말인 즉 독을 처리하고 나면 각 내단의 상생이 가능하다는 뜻입니다. 뛰어난 내공 증진 효과를 지닌 영단(靈丹)을 제작할 수 있을 겁니다."

"정제한 후에 팔자는 뜻이에요?"

"파는 것보다는 복용하시는 게 나을 겁니다. 어차피 이익은 절반으로 나누고자 하지 않았습니까? 개방과 현 소저, 그리고 우리 가문, 이렇게요."

"듣고 보니 그게 낫겠네요. 그럼 독도 따로 추출해서 보관할 건가요?"

"음, 그 부분도 따로 제안드리고 싶은 것이 있습니다."

"뭔데요?"

"우리 가문은 저 철문 뒤에 있을지 모르는 또 다른 보물의 소유권을 주장하지 않겠습니다."

현비의 눈이 가늘어졌다.

악운의 제안이 예상 못한 지점이었기 때문이다.

"그다음엔요?"

"대신 추출될 모든 독의 소유권을 본 가의 것으로 하겠습니다."

"흐음……."

현비는 잠시 팔짱을 끼고 고심에 잠겼다.

아직 수면 밑의 문 뒤에는 어떤 보물이 있는지 모른다.

이런 영물들과는 비교도 안 될 보물들이 묻혀 있을 수도 있고, 되레 아무것도 없을지도 모른다.

"뭔가를 알고 이런 제안을 하는 건가요?"

"아뇨."

"그런데 어째서 문을 열어 보지도 않고 추출될 독의 소유 권을 주장하는 건데요? 더 비싼 보물들이 있을 수도 있는 거 잖아요?"

"흔한 돌멩이처럼 보여도 어떤 장인에게는 평생을 찾아다 녔던 돌일지도 모릅니다. 가치란 상대적인 것이지요."

"영물들에게서 추출될 독이 소가주에게는 문 뒤의 보물들 을 포기할 만큼 가치가 있다는 이야기인가요?"

"예. 한 말씀 덧붙이자면 손익을 따지는 거래가 아니기에 솔직히 말씀드린 것이기도 합니다. 손익을 따지자면 저 독의 가치를 낮게 평가하는 편이 제게 더 유리하니까요."

"나도 복잡해지는 건 질색이에요. 어쨌든 소가주의 제안은 받아들일게요. 저 독의 추출을 완벽히 해낼 능력도 없거니 와, 나도 숨겨진 문 뒤의 보물이 더 흥미롭게 느껴지니까요."

"그럼 그렇게 알겠습니다."

"네. 그래요. 참, 숙부는 걱정하지 말아요. 숙부께는 제가 말씀드리면 되니까요."

"안 그래도 그러실 거라 생각하고 말씀드린 겁니다."

"보기보다 영악하시네."

"칭찬으로 듣지요."

악운은 고개를 끄덕인 후 일행에게 지시를 내렸다.

이윽고 일행은 조를 나눴다.

백훈을 비롯한 악가뇌혼대는 악운이 짓이겨 버린 영물들을 썩기 전에 보관하기 위해 순차대로 수송하기로 했고, 악운과 현비 그리고 호사량은 숨겨진 문을 조사하기로 했다.

세 사람은 악운의 안내를 따라 무너진 흙벽으로 다가갔다.

흙벽 한가운데에는 사람 하나가 통과할 수 있는 정사각형의 철문이 있었다.

악운이 호사량에게 전음을 보냈다.

-부각주 차례입니다.

호사량은 작게 고개를 까딱인 후에 철문 주변을 살폈다.

'주술과 결합된 기문진의 흔적은 보이지 않는다. 기관토목술의 기술만을 활용한 것 같은데…… 만약 내가 이곳의 지형을 이용하려 했다면 어떤 방식으로 기관토목술에 접목시켰을까?'

호사량의 머릿속에서 수많은 진법 혹은 공부해 왔던 수많은 기관토목술의 도해들이 스쳐 지나갔다.

　'당시 황군의 수송대는 대대적인 공사를 할 시간도, 금전적 여유도 주어지지 않았을 것이다. 최대한 단순하고 간결한 도해가 필요했을 거야. 또한…….'

　호사량의 눈빛이 예리해졌다.

　'철문에는 열쇠가 없다. 하지만 황군의 수송대는 언젠가 황제가 다시 이곳을 찾는 것을 염두에 두고 기관토목술을 설치했을 것이야. 열쇠 없이 문을 열 수 있는 방법이라……. 외부에서부터 찾아봐야겠군.'

　호사량은 우선 문의 모든 특징을 눈여겨봤다.

　그중에서도 철문 위에 불룩 튀어나와 있는 선들이 눈에 띄었다.

　'연결점 없이 뚝뚝 끊어져 있어.'

　호사량은 머릿속에서 각 선들을 하나의 도형으로 이어 보았다.

　그러다 보니 각 선들이 한 번에 이어지려면, 총 마흔다섯 개의 점이 필요하다는 것을 깨달았다.

　'마흔 다섯 개. 왜 하필 마흔 다섯 개의 점이 필요할까.'

　고민이 깊어지던 찰나.

　대지의 규칙을 정립하게 도왔다는 거북이 신화가 스쳐 지나갔다.

고대의 황제가 치수 사업을 하다 발견했던 신비한 거북이의 등에는 마흔 다섯 개의 점이 있었고, 이를 통해 대지를 다스릴 천하의 이치를 찾았다는 전설이다.

'연못, 점의 숫자, 거북이까지.'

기관토목술에는 그것을 설계했던 인물의 감정이 들어가기 마련이다.

이 문을 설계할 때도 그랬을 것이다.

호사량의 눈에 이채가 흘렀다.

'그거야!'

문을 거북이로 본다면 문은 열리는 게 아니다.

뒤집히는 것이다.

문이 뒤집히려면 용골차(龍骨車)의 원리가 필요했다.

연결된 회전축을 따라 문이 뒤집히는 방식의 기관토목술을 상상할 수 있는 것이다.

'물속의 압력을 받은 상태에서의 회전문이라…… 그럼 문이 가벼운 쪽이 훨씬 낫겠지. 애초에 검은 철문이라고 무겁다고 단정 지은 게 오산이었다.'

호사량은 더 볼 것도 없이 문의 상단을 주먹으로 툭툭 두드리기 시작했다.

추측대로 느껴지는 소리는 둔탁하지 않았다.

생각에 확신이 생긴 호사량은 악운과 현비에게 전음을 보냈다.

-두 사람 모두 나를 따라 문의 상단을 걷어차 주시오. 동시에 차는 것이오. 파괴의 목적이 있는 게 아니라 문을 뒤로 밀기 위함이라는 것을 잊지 마시오.

두 사람이 알겠다는 듯 고개를 끄덕인 후에 호사량을 따라 문의 상단 쪽으로 모여들었다.

호사량이 세 개를 펼친 손가락을 하나씩 접기 시작했다.

마지막 하나가 접힌 순간.

내공 실린 세 사람의 발끝이 철문의 상단을 강하게 때렸다.

쿠웅!

충격을 받은 문의 진동이 기포를 일으키며 굉음을 냈다.

현비가 호사량을 향해 인상을 구겼다.

-아무 일도 없잖아요.

호사량은 한 번 더 차자는 시늉을 했다.

현비도 밑져야 본전이었기에 악운을 따라 방금 전의 동작을 반복하려고 했다.

그 순간.

방금 전까지 미동도 없던 문 아래쪽에서 기포들이 빠른 속도로 피어올랐다.

강하게 맞물려 있던 문이 움직인다는 증거였다.

그것을 증명하듯.

구구궁!

연결된 회전축이 문을 뒤쪽으로 눕히기 시작했다.

동시에 유속이 문 뒤쪽에서 생겨나기 시작하고, 세 사람은 그 흐름을 거부하지 않고 문 틈으로 빠르게 유영해 갔다.

호사량의 입가에 희미한 미소가 감돌았다.

해낸 것이다.

도약

물살을 타고 진입한 세 사람은 이윽고 연못과 이어진 지하 동혈에 도착했다.

현비의 눈동자에는 놀람이 가득했다.

"대체 어떻게 알아낸 거예요?"

호사량이 어깨를 으쓱였다.

"놀랄 거 없소. 기관 도해가 없으니, 기관토목술을 설계한 이의 마음을 되짚어 보기로 했소. 운 좋게 들어맞은 것뿐이지."

"대단하십니다."

악운은 호사량을 믿었고, 이 정도 기관토목술 정도는 그가 쉽게 헤쳐 나가리라 생각했다.

예상대로 호사량은 잘 해내 주었다.

호사량이 주변을 둘러봤다.

"그나저나…… 야명주가 스무 개나 달려 있군."

그의 말처럼 값비싼 야명주가 동혈 안을 형형히 밝히고 있었다.

"이쪽이에요!"

현비는 제일 먼저 동혈 통로를 따라 안쪽으로 진입했다.

그러자 그 안에는…….

"저게 뭐야?"

현비가 떨떠름한 표정을 지었다.

안에는 현비가 기대했던 명주(名酒)나 금 원보 등의 금은보화가 있는 게 아니었다.

늑대 형태의 석상만 덩그러니 놓여 있었던 것이다.

현비는 이 믿기지 않는 현실에 경악했다.

"대체 이게 뭐냐고!"

호사량도 젖은 수염을 쓸어내리며 미묘한 표정을 지었다.

"이거야 원, 고생한 보람이 사라지는 기분이로구려."

이쯤 되자 현비의 원망이 악운에게로 향했다.

"다 알고 있었던 거 아니에요!?"

악운이 어깨를 으쓱였다.

"설마요. 이렇게까지 텅 비어 있을 줄은 몰랐습니다."

암석으로 이루어진 천혜의 석실(石室)은 그야말로 늑대 석상 말고는 그 어떤 것도 존재하지 않았다.

"우선 이거라도 살펴봐야겠네요."

악운은 실망한 현비를 두고 늑대 석상으로 걸음을 옮겼다.

오랜 시간 동안 여기 있었음을 말해 주듯 먼지가 가득 쌓인 늑대 석상.

악운은 늑대 석상의 겉면을 손바닥으로 털어 내며 차분히 석상의 구조를 살펴갔다.

석상은 묘하게 악운을 사로잡았다.

'왜일까.'

악운은 궁금해하면서 석상에 새겨진 갑옷 형태의 무늬들을 살펴가기 시작했다.

그런데 그 무늬들은 마치 하나의 투로(鬪路)처럼 악운의 머릿속에 새겨지기 시작했다.

한 획, 한 획.

늑대 석상에 새겨진 수많은 흔적들이 악운의 머릿속에 여러 개의 살아 있는 동작들로 전해졌다.

그럴수록 악운은 점점 무아지경으로 석상을 살폈다.

지켜보던 현비가 의아한 표정을 지었다.

"뭐 하는 거래요?"

호사량이 숨죽이며 대답했다.

"잠시만 기다려 보시오, 소가주가 뭔가를 발견한 것 같으니."

두 사람의 협조 속에 악운은 점점 늑대 석상에 감춰진 진실을 마주하기 시작했다.

되새길수록 어디선가 본 적 있었던 익숙한 투로였다.

'누구였지?'

악운은 천휘성의 수많은 기억들이 스쳐 지나갔다.

천휘성이 상대했던 적들, 견식했던 고수들…….

황궁과 연관이 있던…….

악운은 석상의 흔적을 손끝으로 따라가며 석상의 투로를 받아들여 갔다.

투로를 쫓으면 쫓을수록 몸이 조금씩 뜨거워지며 악운의 내공이 그의 손끝을 따라 자연히 흘러나왔다.

'설마……?'

석상은 그냥 있던 게 아니었다.

결에 난 투로(鬪路)를 제대로 이해하고, 순차적으로 펼칠 줄 아는 자에게만 전해지는 심득 그 자체였던 거다.

잠시 눈을 반개하고 있던 악운이 뭔가 생각이 난 듯 눈을 번쩍 떴다.

석상에 난 결이 어떤 무공에서 기인한 것인지까지 알아낸 것이다.

'이건, 황제십경(皇帝十經)이야.'

황제십경(皇帝十經).

황제를 지키던 마지막 수호위(守護圍)인 천랑은명대(天狼銀明

隊)에만 전해져 오는 무공이었다.

혈교가 황궁의 많은 것을 빼앗고 불태웠어도 이것만큼은 손에 넣지 못했다.

천랑은명대의 수장이 황제십경의 비급을 불태우고 전멸했기 때문이다.

아니…… 전멸한 줄 알았다.

하지만 천랑은명대의 후예는 살아남아서 이곳에 황제십경을 남겨 놓은 것이다.

악운은 예상치 못한 지점에서 마주한 비사에 무척 놀라며 조각상에서 손을 떼려고 했다.

그 순간.

마주하고 있던 늑대 석상에서 신비로운 광명이 터져 나오며, 석상과 닿아 있는 악운의 손끝이 타들어갈 듯 뜨거워지기 시작했다.

그건 강력한 인력(引力)이 되어 악운의 의지와 상관없이 악운의 손을 구속했다.

덩달아 붉게 달아오르기 시작하는 석상.

동시에 악운의 머릿속에 중후한 음성이 들려왔다.

-난 천랑은명대(天狼銀明隊)의 이십오 대이자 마지막 수호위주(守護圍主) 가언성이라고 한다. 연자여, 나는 그대가 누구인지 알 수 없다. 그저 주술의 각인을 통해 내 마지막

목소리를 전할 뿐이니라.

'가언성이라…….'

천랑은명대의 수장은 비밀스러운 행보로 인해 이름이 밝혀진 바가 없다.

불타는 황궁에서 최후까지 황실을 지키기 위해 함께 싸웠던 기억만이 강렬히 남아 있었다.

잃은 것도 많았고, 얻은 것도 많았던 혈전.

황제십경의 투로가 천휘성의 기억에 남아 있던 이유였다.

그런데…….

천휘성조차 몰랐던 수호위주의 이름을 악운이 오랜 세월이 지나고 나서야 듣게 된 것이다.

　－하나 이곳까지 도달했다는 것은 후일을 도모하고자 한 천랑은명대의 흔적을 찾았다는 뜻이 될 테고, 황제십경의 공부까지 이해한 자일 터. 필시 황궁의 재건을 위하여 싸우고 있는 영웅일 것이니라.

악운은 새삼 그의 말을 통해 수많은 노력과 운이 겹쳐져서 이곳에 도달했다는 것을 깨달았다.

구용의 방해를 도외시한 석 공자의 끝없는 집념과 추적이 아니었다면?

혹은 마침 구용과 적이 된 자신이 나타나지 않았더라면?

석 공자의 부친이 금벽산과 전우가 아니었다면?

그 수많은 우연들이 겹쳐 필연이 된 것이다.

만약 그러지 않았다면 석상은 어쩌면 영영 빛을 보지 못했을지 모른다.

그리고 그 우연들과 목적이 모여 결국…….

'새로 도약할 기회가 된다.'

─이제 천하는 어찌 변했는가. 아직도 혈교가 득세하는가? 혹은 천하가 평안을 되찾고, 황실이 재건되고 있는가? 어느 쪽이든 나는 끝까지 살아남아 그 미래를 마주할 수는 없겠지…….

가연성의 말은 계속 이어졌다.

─하나 연자여, 그대는 다르다. 그대는 끝끝내 이곳에 도달했으니……. 우리의 마지막 안배가 그대가 걷는 길에 도움이 되길 기원하는 바이다.

목소리가 끝난 순간.

뜨거워지던 손에 석상 안의 기운이 주입되기 시작했다.

콰지짓!

동시에 석상이 어마어마한 양의 기파(氣波)를 일으켰다.

콰콰콰콰!

악운의 의지와 상관없이 시작된 격체전력(隔體傳力).

　-오랜 세월 황궁을 지켜 온 수호위주들은 선대가 후대에게 내공을 일부 물려주는 격체전력을 끊김없이 해 오며, 세대가 지날수록 강한 내공을 갖게 되었다. 이제야 연자를 통해 그럴 기회가 주어진 것 같아 기쁘구나. 황궁의 재건과 천하의 평안을 부탁하겠노라.

희미해져 가는 가언성의 음성과 함께 밀려드는 기운이 더욱 강성해졌다.

붉게 달아올라 못해 용암처럼 끓어오르는 석상.

쿠쿠쿠쿠!

석상이 흘려내는 진동이 땅을 준동시켰고, 땅과 이어진 동굴까지 크게 흔들렸다.

꿀꺽.

현비는 발끝에서 느껴지는 흔들림에 마른침을 삼켰다.

무슨 일이 일어나고 있는지는 물을 필요도 없었다.

느껴지는 거대한 힘이 악운에게 흘러들어 가고 있는 건 기감만으로도 충분히 눈치챌 수 있었다.

그런데 그 주체가 황당했다.

"……살면서 석상이 사람한테 격체전력을 하는 건 본 적이 없어요."

어이가 없었으나 눈앞에 벌어지는 현실을 부정할 수는 없는 노릇.

현비는 떨리는 손끝을 내려다봤다.

석상에서 흘러나오는 내공은 그녀의 온몸에 소름이 돋을 만큼 거대했다.

"대체…… 무슨 일이 벌어지고 있는 거야?"

나직한 그녀의 중얼거림에 함께 있던 호사량이 입을 열었다.

"나 역시 묻고 싶은 말이오."

두 사람의 경악 어린 시선을 아는지 모르는지, 악운은 밀려드는 내공을 빠른 속도로 흡수할 뿐이었다.

'상상을 초월하는 양이야.'

악운은 내공의 막대한 양에 놀라움을 느꼈다.

석상에는 단순히 역대 수호위주들의 내공만 있는 게 아니었다.

내공 안에 담긴 정순한 선천진기도 함께 깃들어 있었다.

역대 수호위주들이 가졌던 영혼의 기운마저 내공에 자연히 응축되어 있었던 것이다.

'혼세양천공의 기운이 강성해지고 있다.'

혼세양천공은 영혼의 영역.

선천진기의 흡수는 당연히 중재력의 성장으로 직결된다.

혼세양천공뿐만이 아니었다.

선천진기에 뒤섞여 들어오는 막대한 내공에 일계의 모든 심법들이 강하게 격동(激動)했다.

웅, 웅, 웅!

하나 악운은 조금도 당혹스럽지 않았다.

분명 화경에 이른 고수라도 완벽히 받아들이기 힘든 강력한 힘은 맞다.

그러나…….

'지금 내 신체는 그 어떤 힘에도 적응할 준비가 되어 있고, 내 정신은 천휘성이었던 과거보다 앞서 있다.'

악운에게 있어 이 정도 위기는 그저 다음의 도약을 위한 기회일 뿐이었다.

쾅! 쾅!

일계 안으로 밀려든 내공이 온몸을 휘저으며 부딪쳐 왔다.

내공 가속도가 수백 배나 빨라지자, 전신의 혈관이 불거졌다.

뼈를 가는 것 같은 통증이 잇달아 생겨났다.

콰드드득!

온몸이 갈기갈기 찢겨 나가는 고통.

그러나 악운은 그 모든 것을 한 번의 비명도 없이 감당했다.

고통 속에서도 정신은 그 어느 때보다 또렷했고, 어떤 길을 가야 하는지도 명확했다.

찰나 간 천휘성의 기억 속…….

어느 풀벌레 울던 밤, 마주 서 있던 방장 스님의 눈동자가 떠올랐다.

－한 번의 휘두름에 많은 것을 담으려고 하는 겐가?

－느끼셨습니까?

－번민을 버리게나. 한 번에 참된 진리를 담으려는 집착을 잊으면 초식의 구분이 무의미해진다네. 그저 펼치는 무공, 그 자체가 되는 것이지.

－집착을…… 잊는다.

방장 스님이 언급했던 심득은…….

'무아(無我). 자신을 잊는 것. 집착도, 번민도 모두 잊다 보면 휘두름조차 잊어버린다. 그저 잊고 잊어 초식의 경계와 스스로의 한계조차 지워 내는 것이 무한편의 시작.'

남궁문에게 일러 주었던 심득의 실마리는 과거 이 심득으로부터 비롯됐던 것이다.

부서질 거 같은 고통 속에 악운은 이제 스스로에게 묻고 있었다.

'나는 정말 무한편(無限編)의 초입에 이를 준비가 되었나?'

마치 그에 응하듯 그간 지나온 격전들이 악운을 자극했다.

양경, 구융 그리고 남궁진과 남궁문까지……

그들과의 전투는 신체를 단련하고 다음 경지에 맞게 발전시켰다.

느껴진다.

이제 신체는 정신의 성장을 바짝 뒤쫓으며 갈망하고 있다.

'더 나아지기를.'

굳어 있던 악운의 표정에 희미한 미소가 감돌았다.

준비는 끝났다.

콰콰콰콰! 콰드득!

그동안 꾸준히 해금되었던 신체가 오늘의 계기를 통해 또한 번 크게 도약할 수 있으리라.

천휘성의 경지였던 현경이 점점 가까워져 가고 있었다.

❧

"믿기지 않는군."

호사량은 시간이 얼마나 갔는지조차 잊어버렸다.

처음에는 악운의 상태가 괜찮은지 마음 졸이며 지켜보느라 그랬지만, 나중에는 악운의 존재감에 압도당해 버렸다.

악운의 정수리에서 솟아올라 전신을 타고 도는 신비로운 청염의 용이 그의 전신을 따라 춤을 추며 지나는 자리마다 푸른 불길을 일으켰다.

그리고…….

용이 지나간 자리마다 만개한 황금색 서기(瑞氣)의 연꽃들.

그 연꽃 한 송이 한 송이에서는 감히 가늠도 안 될 만큼 응축된 내공이 느껴졌다.

마치 신선(神仙)을 마주한 기분이 들 만큼 상서로운 기분이 든다.

현비 또한 아예 할 말을 잃은 채 악운만 쳐다보고 있었다.

'맙소사, 더 강해졌다고?'

확실하지는 않지만 악운은 방금 전의 일로 새로운 경지로 나아간 게 분명했다.

남궁세가의 가주와 비무를 치를 만큼 강자가 된 악운이, 불과 얼마 되지 않아 또 성장한 것이다.

"괴물이 따로 없네."

명주(名酒)를 찾지 못한 억울함마저 잊을 만큼 그녀는 방금 전의 상황에 넋이 빠져 있었다.

그동안 석실 안을 가득 채웠던 서기는 완전히 잦아들었고, 악운의 몸을 타고 노닐던 청염룡 역시도 정수리 안으로 순식간에 사라졌다.

마침내…….

석상에서 손을 뗀 악운이 현기로 충만한 눈동자를 돌렸다.

눈이 마주친 호사량이 재빨리 물었다.

"괜찮으시오? 대체 저 석상에 무슨 일이 있었던 것이오?"

"기연을…… 만난 것 같습니다."

그 말과 동시에 악운의 등 뒤에 있던 석상이 와르르 무너져 내렸다.

애초에 존재하지 않았던 것처럼.

기연은 아무 때나 오지 않지만 오더라도 준비된 자여야 그 기회를 얻어 낼 수 있는 법이다.

그런 면에서 악운은 그 기회를 완벽히 잡은 셈이었다.

'혼세오십문까지 타동됐고, 중재력이 강화됐어. 중재력 덕분인가? 전보다 훨씬 강한 활력이 느껴져.'

악운은 잠시 자신의 손을 내려다봤다.

중재력 말고도 다양한 성취가 있었지만 가장 큰 성과는 중재력 강화로 인한 내공 증가와 신체 해금이었다.

'화경, 무한편의 초입에 이른 거야.'

당장 달려가서 새로 얻은 성취를 남궁문에게 시험해 보고 싶다는 생각이 들었다.

그러나 일전의 비무도 남궁문의 허락을 통해 비밀리에 이뤄진 상황이다.

상당한 부담을 느꼈을 그에게 또다시 커다란 부담을 짊어지게 할 수는 없었다.

악운은 머릿속에 들끓는 욕심을 잠시 억누르기로 했다.

때마침 호사량이 입을 열었다.

"……그러니까 소가주가 방금 전 설명한 바로는 석상에 새겨진 무공의 흔적을 발견했고, 그 흔적을 쫓다 보니 강한 인력이 소가주를 끌어당겼다, 이것이오?"

"예."

현비가 끼어들어 물었다.

"그리고 내공이 주입됐고요?"

악운은 이번에도 똑같이 대답했다.

"예."

악운은 가언성에 관한 이야기와 더불어 일어났던 일을 자세히 언급하지는 못했다.

얘기하자면 천휘성의 기억부터 언급해야 했으니까.

그래서 상황 설명에 필요한 일부 사실만 풀어놓았다.

"그럼 그 흔적이 무슨 무공이었는지 알 것 같으시오?"

"아뇨, 한 번도 견식해 본 적 없는 투로(鬪路)였습니다. 아마 황실과 연관된 무공이 아니었을까 짐작해 봅니다."

"그렇구려. 아무튼 감축드리오. 천운마저 소가주를 돕나 보오."

"아뇨, 저는 천운만 따랐다고 생각하지는 않습니다. 천운이 주어져도 준비가 되어 있지 않다면 손에 쥘 수 없으니까요. 모두가 도왔고, 꾸준히 준비했기에 가능할 수 있었던 성취입니다."

호사량은 희미하게 웃었다.

사실 소가주가 이런 대답을 하리란 건 어느 정도 예상한 대답이었다.

소가주를 잘 아는 그였으니까.

'겸손이 아니다.'

소가주는 정말 그렇게 생각하기에 말한 대로 행동한다.

진심으로 가솔의 공을 인정하는 것이다.

'열일곱이면 넘치는 패기와 아집으로 똘똘 뭉친 질풍노도의 시기가 찾아올 법도 할 텐데…….'

호사량은 새삼 머릿속에 떠오른 말이 있었다.

"소가주는 참 애늙은이가 따로 없소."

"칭찬으로 듣겠습니다. 그나저나……."

잠시 말끝을 흐린 악운이 머쓱한 눈빛으로 현비를 쳐다봤다.

"의도한 바는 아니지만 바라셨던 황실의 명주(名酒)가 없어서 아쉽게 됐습니다."

"아. 맞다! 내 명주! 빌어먹을!"

현비는 그제야 현실을 자각한 듯 얼굴을 와락 일그러트렸다.

악운을 지나친 현비는 무너진 석상으로 다가가 석상의 잔재를 발로 잘근잘근 짓밟아 댔다.

"왜 없어! 왜! 대체 왜, 아무 것도 없냐고!"

광분한 그녀를 보던 호사량이 악운의 소매를 슬쩍 끌어당겼다.

"우린…… 나가는 게 어떻겠소?"

악운이 눈치를 살피며 머리를 긁적였다.

"당장은 그게 좋겠습니다."

두 사람은 불똥이 튀기 전에 서둘러 석실 바깥으로 이동했다.

❧

"껄껄! 그래서 명주는 하나도 못 건졌다, 이 말인 게야?"

현비는 대답도 않고, 앞에 놓인 술만 벌컥벌컥 들이켰다.

건봉효는 그 모습에 더욱 킬킬거리며 웃음을 터트렸다.

"그럴 줄 알았다. 이놈아, 그러기에 숙부가 술, 술 하지 말랬지? 네가 하도 술타령을 해대니 된통 당한 게야."

현비가 소매로 술을 닦으며 표독하게 소리쳤다.

"계속 놀리실 거예요?"

"놀릴 만하니 놀리지. 으하하!"

건봉효의 말대로 현비는 졸지에 닭 쫓던 개가 지붕 쳐다보는 격이 됐다.

막상 금은보화와 명주를 기대했던 석실에는 달랑 석상 하나만 있었고 그마저도 악운의 기연이 됐다.

"소가주가 제작해준다는 영단이야 그렇다 치고…… 소가

주가 독의 소유권을 다시 절반으로 나누자고 한 건 어째서 안 받아들인 게야?"

"그거 가져다가 어디에 써요? 독에 대해 아는 게 쥐뿔도 없는데. 대신 소가주한테 그만한 금액으로 보상받기로 했어요. 그걸로 비싼 술이나 사 먹죠, 뭐."

말을 마친 현비가 다시 술병을 들었다.

그 순간······.

"한데 비야."

"또 뭐요."

"너도 알겠지만 이제 숙부는 바빠질 게다. 대총문의 일도 그렇고, 이번 일로 강서삼강이라 불렸던 곳들이 전부 수장을 잃어서 한동안 강서성 곳곳이 시끄러울 테니 이곳저곳을 들여다봐야 할 게야. 남궁 가주와 약조한 일들도 해내야 하고."

"무슨 말씀을 하시려고 숙부답지 않게 변죽만 울리세요?"

"당분간 악운 그 친구의 곁을 쫓아다니는 건 어떠냐?"

그 얘기를 듣자마자 현비가 인상을 와락 구겼다.

"예? 누굴 따라다녀요?"

"숙부 귀 안 먹었다. 살살 말해."

"사부가 죽고 나서, 생각 정리할 겸 혼자 떠돌아다녔어요. 이곳저곳 행사에도 기웃거리며 술도 많이 마셨죠. 하지만 아직도 정리 안 된 건 마찬가지예요."

현비는 평소 괄괄한 표정과 달리 진지했다.

그러나 진지한 건 그녀뿐이 아니었다.

건봉효도 조금 굳은 표정으로 한 모금의 술을 들이켰다.

"숙부가 몰라서 하는 얘기가 아니다."

"좋아요. 숙부 말대로 소가주를 따라간다고 쳐 봐요. 제게 남는 게 뭐가 있어요?"

"적어도 사부를 잃은 슬픔에서는 멀어지겠지. 수많은 사람을 만나고, 다른 사람들이 어찌 살아가는지 알아 가게 될 테니. 그러다 보면 너도 네 길을 찾게 될 게야."

"······."

"비야, 네 사부와 네 삶은 함께였지만 하나는 아니었다. 따로였지. 네 사부의 삶이 끝난 이상 너는 네 삶을 찾아야 해. 언제까지 죽은 사람을 붙잡고 살 테냐?"

"숙부가 그렇게 말씀하시면 안 되는 거예요."

현비의 눈이 눈물로 그렁그렁해졌다.

"숙부니까 네게 이렇게까지 얘기해 줄 수 있는 게야. 내게 너는 딸이다. 딸이 더 나은 길을 가게 돕는 건 부모의 일인 게야."

현비는 당장 오열할 거 같은 얼굴로 건봉효를 노려봤다.

하지만 뛰쳐나가거나 화를 내진 않았다.

그러기에는 나이를 제법 먹었으니까.

대신 현비는 떨리는 입술로 어렵사리 입을 열었다.

"그냥 숙부나 따라다니면 안 돼요?"

"나와 있을수록 네 사부에 대한 그리움만 짙어질 게다."

"알았어요. 생각해…… 볼게요."

"고맙구나."

건봉효가 쓰게 웃음을 지으며 술을 입안에 한 모금 털어 넣었다.

늘 달기만 하던 술이 오늘따라 조금 썼다.

같은 시각.

악운에게 나은신이 찾아왔다.

나은신이 김이 모락모락 나는 차를 앞에 두고 조심스럽게 입을 열었다.

"조만간 떠나신다고 들었어요."

"연단 제작을 위해 당분간 머물긴 하겠지만 그 일이 끝난 후엔 나 소저의 말처럼 그리될 것이오."

사실 악운은 진작 떠날 생각이었다.

원룡회의 일은 남궁 가주가 나서서 일을 처리하기로 했고, 강서성의 평안은 건봉효와 그의 분타가 맡아 주기로 했으니까.

그러나……

영단 제작과 독의 추출이 예상보다 시간이 많이 드는 터라, 당장은 떠날 수 없었던 것이다.

찻잔을 매만지던 나은신이 다시 입을 열었다.

"더 늦기 전에 고맙다는 말씀을 드리고 싶었어요. 정식으로요."

악운은 고개를 저었다.

"내가 한 일은 크게 없소. 구융의 압력에도 끝까지 굴하지 않고, 비무를 행한 건 나 소저요. 나 소저는 내가 아니었더라도 원래 목표한 바를 충분히 이뤘을 것이오."

쓰게 웃은 그녀는 하지 못했던 말을 어렵사리 꺼냈다.

"오해했던 것도 미안해요. 원룡회의 뒤를 캐고 있는 줄도 모르고……."

"나 소저."

"네."

"지난 일은 크게 개의치 마시오. 중요한 건 나 소저는 부친의 억울한 일을 밝혀야 한다는 그 목적을 이뤄 냈다는 사실이오. 애초에 내가 없었더라도 반드시 이뤘을 일이지."

"아닐 거예요. 무모했다는 건 저도 알아요."

"그럼 모든 걸 포기하고 무기력하게 과거를 받아들이는 것이 나은 것이오?"

악운의 반문에 나은신의 눈빛이 세차게 흔들렸다.

"소저는 최선이자 최고의 선택을 했으며, 모두가 무모하

다고 한 일을 해낸 것이오. 그럴 땐 그렇게 자책을 할 게 아
니라…….”

악운이 환하게 웃으며 말을 이었다.

“본인을 자랑스럽게 여겨야 하는 것이라고 배웠소.”

“어떤 분이 그런 가르침을 주셨나요?”

악운은 문득 천휘성의 기억 속에서 호탕하게 웃던 악진명
이 스쳐 지나갔다.

　　ㅡ주군, 최선의 선택이자 최고의 선택을 하셨다면 더는
뒤돌아보지 마십시오. 스스로를 자랑스럽게 여기셔야 합
니다.

‘진명…… 그곳은 평안한가?’

악운은 깊어진 눈으로 그녀를 바라봤다.

“내 조부께서 남기신 말씀이오.”

그의 담담한 말에 나은신은 가슴 한편이 울렁였다.

그녀에게 있어 악운은 어느새 쫓고 싶은 표상이 되어 가고
있었다.

“새겨들을게요.”

“영광이오.”

“이제 가 봐야겠네요.”

그 순간 악운은 직감적으로 그녀가 떠나기 직전 자신을 찾

아왔다는 걸 눈치챘다.

하지만 아쉬움을 굳이 내색하지는 않았다.

오늘의 만남이 끝이 아니란 생각이 들었으니까.

"또 봅시다."

"그러길 바라요."

그녀가 빙긋 웃으며 자리를 떠났다.

악운의 삶을 스쳐 간 또 한 명의 협객이었다.

⚜

악운은 나은신과의 만남 이후 다시 도영각(搗營閣)이라는
전각으로 다시 향했다.

이곳은 본래 대총문의 영약 및 약재 창고로 쓰이던 창고였
지만 현재는 악가뇌혼대가 실어온 영물들이 보관되고 있는
곳이었다.

'이로써 독의 추출이 끝났어.'

악운은 그동안 잠깐의 수련을 미뤄 둘 만큼 영단 제조와
독의 추출에 크게 신경 썼다.

영단 제조는 막바지였고, 일단 독의 추출은 끝이 났다.

'이 정도 독이면 천독불침조차 쓰러져.'

흑공파사의 맹독은 내공을 익힌 이류 무인조차 단 한 방울
만으로도 즉사에 이르게 할 수 있다.

더불어 이 맹독의 특징 중 하나는 오독섬여(五毒蟾蜍)의 다섯 종류의 독과 섞일 시 더 강력한 독성으로 화한다는 점이었다.

'사천당가에서 꽤나 좋아하겠군.'

그뿐이랴.

어마어마한 금은을 들여서라도 구입하려고 들 게 분명했다.

'나 역시 독을 다룰 방법이 없다면 오히려 그편이 더 나았다고 생각했을지도 모르겠지만…….'

사천당가에는 애석하게도 악운은 이 독을 활용할 최적의 방법이 있었다.

바로 악운 본인이었다.

악운은 은으로 제작한 솥에 고여 있는 시커먼 독을 내려다봤다.

따로 제작한 건 아니었다.

구융이 갖고 있던 재산 목록 중 하나에 있던 것인데 독을 모아 놓기에 최적인지라 빼다 쓴 것이다.

이윽고 강한 독기가 코를 찔렀다.

맡는 것만으로도 강한 독기(毒氣)에 중독될 수 있기에 악운은 그동안 전각을 폐쇄해 두었다.

그것도 오늘로써 끝이리라.

악운은 잠시 눈을 반개하고 집중했다.

머릿속에 떠오르는 건 당연히 독에 대해 가르침을 주었던 그녀.

천애독후, 당양희.

　−팽와(膨渦)가 극성에 달해지면 국화독장을 펼칠 때 두 손이 새카맣게 물들 거예요.

도반천록공을 통해 국화독장을 일으키자 두 손이 새카맣게 물들기 시작했다.

하지만 완벽히 거멓지는 않았다.

극독이 더 필요했다.

악운은 조금의 거리낌도 없이 팽와를 통해 독을 빠른 속도로 몸 안에 흡수하기 시작했다.

츠츠츠츠!

작은 바람이 손바닥에 휘돌며 솥 안에 있던 독이 악운의 피부 속으로 파고들기 시작했다.

그럴수록 악운의 양손이 점점 더 짙고 새카만 색으로 변해 갔다.

불덩이같이 타들어 가는 통증이 악운의 손끝을 타고 온몸으로 전해졌다.

'만독화인의 첫 번째 단계에 이른 와중에도 이 정도 독성이라……'

고통 속에서도 악운의 일그러진 입가에 희미한 웃음기가 감돌았다.

독기가 강하다는 건 만독화인, 즉 국화독장의 순차적인 완성을 의미했으니까.

오히려 기쁘게 받아들일 수 있었다.

-두 번째 단계는 괴밀(壞密)이에요. 괴밀의 단계에 이르려면 첫 번째 단계가 완성되어야 해요.

-완성된 건 무엇으로 짐작할 수 있소?

-거멓던 손이 섬섬옥수와 같이 변할 거예요.

이윽고 솥의 모든 독이 팽와를 통해 흡수된 찰나.

츠츠츠!

까맣게 물들었던 악운의 손은 어느새 섬섬옥수로 탈바꿈되어 있었다.

-괴밀(壞密)은 몸 안의 독수(毒水)를 응축시켜 일제히 뿜어내는 거예요. 일정 공간을 독연(毒煙)으로 가득 메우는 거죠. 중요한 건 이 독연을 온전히 자신의 의지로 움직일 수 있다는 것이죠.

-맙소사. 상대는 그야말로 극독의 감옥에 갇히는 꼴이 되겠군.

—맞아요.

쏴아아아!

악운은 자신의 몸을 중심으로 회오리치고 있는 독(毒)들을
응시했다.

마치 작은 태풍의 눈 한가운데 있는 기분이었다.

어째서 그녀가 독화국장의 두 번째 장을 '괴밀'이라 지었는
지 알 것 같다.

빼곡히 모여든 이 독은 살아 있는 무엇이든 녹이거나 무너
트릴 수 있는 극독이었다.

츠츠츠츳!

이윽고.

악운은 퍼트렸던 독을 갈무리했다.

더 범위를 늘렸다가는 주변에 있는 영약 재료들까지 흔적
도 없이 전부 녹아내릴 터였다.

'괴밀 수련은 추후에 해야겠어.'

국화독장의 두 번째 단계에 이른 것으로 충분했다.

언젠가 마지막 세 번째 단계에 도달하면······

모든 사천당가의 가솔들이 원했다는 만독화인에 이르게
될 것이다.

'교주를 상대할 또 다른 무기가 완성되는 거야.'

악운은 강한 고양감을 느끼며 영단 제조로 다시 시선을 돌

렸다.

일전에 제작했었던 태영단(太靈丹)의 효험만큼은 아니어도 그에 준하는 영단 제조가 될 터였다.

❧

"하, 한 번 더 합시다! 하아, 하아……!"

한가로운 오후, 백훈은 온몸이 땀에 젖은 채 남궁진을 노려보고 있었다.

남궁진은 몸을 회복한 뒤부터 다시 수련을 시작했는데 종종 악가뇌혼대와 어울렸다.

그러는 동안 남궁진의 얼굴에는 일전에 불만으로 인해 어둡던 분위기는 사라지고 활력만이 가득해졌다.

완벽히 다른 사람으로 탈바꿈한 것이다.

"그래 가지고 소가주 발치나 따라잡겠나?"

"뭐요?"

"불만 있으면 내 발치부터 따라잡고 나서 말하지."

"그 말, 후회 마쇼!"

백훈이 다시 땅을 박차고 남궁진을 향해 쇄도했다.

두 사람의 검이 불꽃을 튀기며 실전과 같이 공수를 주고받았다.

그사이 비무 참관을 허락받은 호길은 두 사람이 일으킨 검영에 넋을 잃고 있었다.

　최근 호사량에게서 외공과 검법을 익히고 있는 호길은 다양한 수련을 통해 음공(陰功)의 성장을 꾀하는 중이었던 것이다.

　오늘의 참관도 그 수련 중 일부였다.

　"우와……!"

　감탄사가 절로 나온다.

　길은 달랐지만, 경지의 차이는 느끼기 마련.

　무슨 말이 더 필요할까.

　함께 서 있던 대영당 당주 종명이 웃으면서 말했다.

　"나도 놀라운데 소형제는 어떻겠나. 그렇다고 너무 박탈감을 느끼지는 마시게. 꾸준히 수련하면 언젠가 소형제도 저들과 어깨를 나란히 할 음공의 대가가 되지 않겠나."

　"격려해 주셔서 감사합니다. 하하."

　"진심일세. 음공으로 높은 경지에 이른다는 건 더욱 어려운 일이라고 들었네. 소형제의 노력에 존경을 표하네."

　"과찬이십니다."

　부끄러워하는 호길에게 종명이 자애로운 미소로 화답했다.

　남궁진이 악가뇌혼대와 교류를 이루는 동안 종명과 대영당의 가솔들 역시 악가의 가솔들과 부쩍 교류가 많아졌다.

　두 가문의 가솔들이 서로를 알아 가는 시간이 되었던 것이다.

"소형제의 소가주는 최근 영단 제조로 두문불출한다지?"

"예. 아마 오늘 중으로 완성되리라 보고 있다고 하시던데
요."

"대단하군. 의술에, 연단술에, 무공까지…… 알면 알수록
놀라운 일일세. 하늘의 가호를 품고 태어난 게지."

"그렇게 보실 수도 있지만…… 소가주님을 가까이서 지켜
보신다면 조금 생각이 달라지실 겁니다."

"어떻게 말인가?"

"매순간 한 번도 수련을 게을리하는 걸 뵌 적이 없거든요.
가솔 중에서도 소가주께서 소화하시는 수련량을 제대로 소
화하는 분은 드뭅니다. 무공뿐 아니라 모든 공부에서요."

"재능이 아니라 노력이 지금의 그를 만들었다라……. 이
건가?"

그때였다. 그들의 등뒤에서 호사량이 나타나서 종명의 반
문에 대신 답했다.

"그렇습니다. 생전 그리 지독한 사람은 처음 봤습니다."

"아, 부각주가 오셨구려."

선배인 종명에게 짧은 묵례로 화답한 호사량은 한창 수련
중인 남궁진을 응시했다.

"가주님께서 조만간 이곳을 정리하고 다시 안휘로 돌아가
신다고 들었습니다."

"그렇소. 그래서 소가주도 그 아쉬움을 백 대주와의 수련에 푸는 중이지. 꿩 대신 닭이라고나 할까. 덕분에 새로운 벗들도 많이 생긴 것 같아 보기 좋다고 생각하는 중이오."

"저 역시 남궁가와의 교류가 뜻깊다고 생각합니다. 다만 송구스러운 부분들도 있지요."

"무엇이?"

"본 가로 인해 앞으로 남궁세가가 겪어야 할 변화들을 말씀드린 겁니다."

"괘념치 마시오. 가주님께서 내린 결정이 곧 남궁세가의 결정이라오. 게다가 그간 남궁세가는 가주님의 결정을 따르며 유례없는 번성기를 맞이했소. 혈교대란이 일어나기 전보다 더 큰 세력을 유지 중이지. 그러니…… 앞으로 잘해 봅시다."

"영광입니다."

호사량이 존경의 뜻을 담은 포권지례를 취했다.

이제 산동악가 역시 떠날 때가 다가오고 있었다.

◈

마침내 영단이 완성됐다.

악운은 노을이 지기 전 현비를 찾았다.

건봉효는 여러 가지 일 때문에 급한 일만 처리하고 장원을 떠난 지 오래였다.

자연히 영단에 대해 논할 사람은 현비밖에 안 남은 것이다.

그런데…….

악운은 영단을 내놓기도 전에 예상외의 제안을 받았다.

"안 그래도 찾아가려고 했는데, 잘됐네요. 숙부가 소가주를 따라가래요."

"그게 무슨……?"

"동행해도 되냐고요."

악운은 잠시 아무 말 없이 현비를 바라봤다.

일단 물어볼 것이 있었다.

"이유가 뭡니까?"

"숙부가 시켜서요."

"분타주께서요?"

"네."

"그럼 분타주께서 그리하신 연유를 물어봐야 정확할까요?"

현비는 쉽게 대답하지 못했다.

누군가에게 속내를 들키거나 드러내는 건 그녀에게 어려운 일이었다.

특히 낯선 사내에게는 더욱.

그나마 교류가 있던 악운은 그나마 편한 편이었지만, 그렇다고 숙부와 나눴던 대화를 곧이곧대로 다 말하기는 싫었다.

"제 수련에 큰 도움이 될 거라네요. 앞으로 숙부가 소가주와 협력해야 할 일들을 중간에서 돕기 위한 것이기도 하고요."

악운은 빙긋 웃었다.

그녀는 단순한 성정이라서 거짓말을 잘하는 편이 아니었다.

사실 표정, 느낌 등의 직감이 그녀가 본심을 숨기고 있다고 말해 주고 있었지만 악운은 굳이 그 얘기를 끄집어내지 않았다.

그녀의 말대로 강서 칠대 고수 중 한 사람이었던 고수와 함께 하는 건 여러모로 좋은 조력자를 얻는 것이었으니까.

다만…….

"당분간은 우리 가문의 일에 이익이 되는 일들을 처리하러 다닐 수도 있습니다. 그래도 괜찮으시겠습니까?"

"네. 상관없어요. 식객이라고 생각하면 편하겠네요. 술이나 자주 사 줘요. 그럼 돼요. 밥도 제때 주고요. 배고프면 짜증나니까."

"끝입니까?"

"뭐가 더 필요하겠어요? 동행하면 안 되냐는 제안도 내가 한 입장인데."

"알겠습니다."

"받아들여 준 거예요?"

"어려울 게 뭐가 있겠습니까. 현 소저가 동행해 준다면 오히려 큰 힘이 될 텐데요."

"그렇긴 하죠."

현비는 담담히 자화자찬(?)을 하며 의자에 등을 기댔다.

어찌 됐건 제안을 받아들였다니 묘하게 다행이란 생각이 스쳤다.

악운이 다시 입을 열었다.

"그럼 이번엔 제 용건이군요."

"아, 맞다. 영단을 준다고 온 거죠? 그새 내가 찾아온 거라고 착각했네."

악운은 덤벙대는 현비를 보며 웃음을 터트렸다.

그러자 현비가 아미를 찌푸렸다.

"나보다 열 살은 넘게 어린데 묘하게 애늙은이 같단 말이죠. 방금 전의 눈도 꼭 할아버지가 손녀를 보는 눈이잖아요?"

"종종 애늙은이 같다는 소리 많이 듣습니다."

"나이에 맞게 살아요. 너무 애늙은이 같아도 매력 없다니까요?"

"이건 칭찬입니까, 욕입니까?"

"둘 다요."

현비는 자기도 웃긴지 배시시 웃었다.

한층 밝아진 분위기 속에 악운이 영단이 들어 있는 목갑을 내밀었다.

"이겁니다."

"오…… 그때 연못에서 구한 영물들로 만든 거예요?"

"네. 쓰인 연단술식에 대해서는 굳이 설명하지 않는 게 나을 것 같고……. 예상되는 효험만 말씀드리겠습니다."

"당연히 내공 증진이겠죠?"

"맞습니다. 축기 중의 기운 소실을 감안해도 대략 칠 년 정도의 내공이 쌓이리라 예상합니다."

"예? 칠 년요?"

현비는 경악했다.

영단의 기운이 십 할이라고 가정했을 때, 수준이 낮은 무인들은 운기 중에 대부분의 기운이 세맥으로 흩어지거나 노폐물과 뒤섞여 소실되어 버린다.

즉, 이 할 정도만 취하는 것이다.

기의 운용이 뛰어난 절정 고수가 축기를 한다고 해도 잘 쳐줘야 오 할 수준인데……

그것을 감안해도 칠 년의 내공이면…….

소림의 소환단만큼 효험이 뛰어나다는 얘기다.

"돈으로 환산해도 굉장히 값비싼 영물들이기는 했지만……."

그것들을 가공하여 제조한 이 영단이야말로 부르는 게 값일 것이다.

꿀꺽!

현비는 조용히 침만 삼켰다.

하지만 악운의 말을 끝난 게 아니었다.

"내공 효험은 그저 이 영단의 약효 중 하나일 뿐입니다. 다른 효험이 더 있지요."

"효험이 추가적으로 더 있다고요?"

"예."

"맙소사! 또 뭔데요?"

"서른 가지 이상 독의 저항력은 물론이고, 뼈와 피부, 근질이 전보다 강화될 겁니다. 아, 내상을 입었을 때의 회복력도 전보다 빨라지게 될 것이고요."

현비의 눈은 놀라다 못해 경악으로 가득했다.

아마 누군가 악운의 얘기를 들었었다면 당장 입안에 영단을 삼키고도 남았을 것이다.

아니, 악운을 통째로 납치하고 싶었으리라.

별의별 생각을 다하던 현비가 어렵사리 말문을 열었다.

"대단……하네요."

"예, 이제 이 중 절반을 가져가시면 됩니다."

악운의 말대로 현비는 영단을 다시 내려다봤다.

개수는 총 여섯 개.

현비의 손이 영단 쪽으로 움직였다.

그런데 현비는 의아하게도 그중 두 개의 영단만을 손에 쥐었다.

악운이 한 알을 더 집어 그녀에게 건넸다.

"하나 더 가져가셔야지요."

그녀가 고개를 저었다.

"과유불급. 영약도 과하게 복용하면 오히려 몸을 상하게
해요. 더구나 영약을 중첩해서 복용하면 효험이 떨어진다는
건 소가주가 더 잘 알잖아요? 한 알만 복용해도 아마 이 영
단으로 낼 수 있는 효험은 최대치일 거예요. 나머지 한 알은
숙부 것으로 남겨 두면 되고."

"그래도 가지고 계시지요. 이 영단을 추후 어디에 쓰실 건
지는 소저의 결정인 게 맞습니다."

"그렇긴 한데……. 딱히 하나를 더 받아서 고민거리를 얹
고 싶은 생각은 없어요. 그러면 설명이 됐나요? 정 부담스러
우면 그 영단값만큼 좋은 술이나 사 줘요. 그럼 깔끔하겠네."

악운은 그녀의 배포에 감탄했다.

말이 쉽지, 가치가 빤히 보이는 값비싼 영단을 무일푼에
그냥 넘기기란 일반적인 상식에서는 쉽게 이해되기 힘든 일
이었다.

"정 그러시다면…… 알겠습니다. 나머지 네 개의 영단은
제가 택한 사람들에게 건네주도록 하겠습니다. 물론 소저의
아량이 들어갔다는 것도 전하지요."

"됐어요. 오글거리는 칭찬을 들어 봐야 명주(名酒)가 들어

오는 것도 아니고. 난 충분히 보상 받았고 나머지 네 개의 영단은 소가주가 택한 사람들에게 건네줘요. 어차피 소가주도 복용 안 할 거였잖아요?"

"그걸 어찌 예상하셨습니까?"

"그냥 그럴 거 같아서 찔러본 건데 '역시나'네요."

현비는 피식 웃었다.

그녀가 본 악운은 자신의 가솔들을 끔찍이도 챙기는 사람이었다.

가솔들이 성장할 기회가 생겼으니 결코 모른 척하지 않으리라 싶었다.

"언제쯤 떠날 생각이에요?"

"영단 복용을 모두 끝낸 이후에 떠날 거 같습니다. 이틀 정도 후에 움직이도록 하지요."

"좋아요. 그렇게 알고 있을게요. 그럼 이만……."

"예."

그 대화를 끝으로 현비가 방을 빠져나가기 직전.

악운은 떠나는 그녀에게 넌지시 물어보았다.

"오늘 저녁에 함께 식사나 하시지요."

우뚝 걸음을 멈춰 세운 현비가 담담히 물었다.

"술은?"

"포함입니다."

"당연히 소가주가 사는 걸로?"

"예."

"나 많이 먹는 거 알죠?"

"마음껏 드시지요."

"갈수록 마음에 든다니까."

현비가 씨익 웃은 후에 방을 벗어났다.

"앞으로 좋은 벗이 되겠어."

악운은 현비가 떠난 방 안에서 나직이 중얼거렸다.

❧

"그렇게 됐습니다."

악운은 한자리에 모인 가솔에게 현비와 있었던 일을 전했다.

현비는 딱히 언급하지 말라고 했지만 그럴 수야 없었다.

"해서 네 개의 영단이 남았습니다."

듣고 있던 유예린이 입을 열었다.

"저희를 이리 소집하신 건 영단의 복용을 누구에게 전할지 논의하기 위해서인가요?"

"맞습니다. 다만 제 의견을 조금 보태자면……."

악운은 생각해 두었던 인원을 호명했다.

악가뇌혼대 좌의장 서태량, 악가상천대 대주 유예린 그리고 악가상천대의 부대주인 성균과 다흑이 그들이었다.

"현재 이 환단을 복용했을 때 최적의 효율을 낼 수 있는 분들이라고 생각했습니다."

호사량이 제일 먼저 고개를 끄덕였다.

"동의하오. 좌의장은 다음 경지로 오를 수 있는 계기를 기다리고 있고, 악가상천대 대주 역시 경지의 답보에 이르러 있다고 알고 있소. 어쩌면 이번의 기회를 계기로 답보를 깰 수도 있는 일이오."

"하긴 경지의 상승이 반드시 내공에만 있는 건 아니지만 깨달음이 준비되어 있어도 내공이 모자라면 성장하지 못하는 경우가 대부분이지. 오랜만에 문사 놈이 맞는 소리 하는군."

백훈의 동조에 호사량이 담담히 대답했다.

"난 늘 맞는 소리만 한다."

"놀고 있네."

그새 투덕거리는 두 사람을 두고 금벽산이 손을 들며 말했다.

"난 찬성이오. 등을 맡길 동료들이 강해지는 걸 누가 싫어하겠소. 게다가 태량 아우는 가문을 위해 분골쇄신하고 있소. 충분한 자격이 있다 생각하오. 안 그러냐, 길아."

호길이 씩 웃었다.

"예. 물론이지요."

서태량이 감동받은 눈으로 중얼거렸다.

"형님……."

성균이 악운의 조용한 미소를 살피면서 말했다.

"소가주께서는 이미 모두가 어떤 결정을 내릴지 알고 계셨던 것 같습니다. 허허!"

악운이 고개를 저었다.

"그건 아닙니다. 다만 여러분의 고견을 보태 결정하고자 했던 것이지요."

그러자 다흑이 말했다.

"현명한 군주는 수하들의 뜻이 어디 있는지 살핀다 하였습니다. 그러니 저희에게 의견을 수렴하여 결단을 내리는 일 또한 아무나 할 수 있는 아니지요. 뵐 때마다 소가주께 감탄하는 것 같습니다."

뜨거운 다흑의 시선에 악운은 괜히 곁에 앉아 있는 유예린을 쳐다봤다.

"부대주의 과찬에 몸둘 바를 모르겠습니다."

"감당하셔야지요."

유예린이 웃음을 터트렸다.

이것으로 신단(神丹)이라 부를 만한 최고의 환단, 음양개정단(陰陽開靜丹)의 복용자가 결정됐다.

◈

악운은 달밤에 전각 안을 거닐었다.

강서성 최대 규모의 비무와 보물에 대한 소문으로 들끓었던 포양비무대회는 완벽히 끝이 났다.

당연히 어마어마하게 몰렸던 인파 역시 옥화관을 떠났다.

그 말인즉……

옥화관 내에서 있었던 수많은 일들이 여러 사람의 입을 통해 오르내릴 것이란 얘기다.

'혈교 역시 듣게 되겠지.'

문득 혈교 교주의 얼굴이 스치고 오랫동안 싸웠던 혈교에 관한 기억들이 떠올랐다.

혈교(血敎).

오랜 세월 서쪽 새외를 지배했으며 한때 천하를 전부 삼켰던 자들.

그들은 내전(內殿)과 외전(外殿)으로 구성되고, 내전을 이루는 건 오대마궁(五大魔宮)과 혈명회(血明會)다.

오대마궁은 혈교를 지켜온 가장 오래된 가문들로 이루어져 있으며, 혈명회는 그 가문의 구성원들이 늙어서 향하는 장로회다.

그리고 외전은 혈교에 의해 복속된 세력들로 구성된다.

북해빙궁(北海氷宮), 남월야수문(南越野獸門), 비타채(飛駝寨)까지……

이들은 주로 가장 최하위 계급인 묘마(妙魔)들로 분류되고, 오대마궁 안의 영입된 마인들은 보마(普魔)로, 그중에서도 상위 고수들은 도마(道魔)로 지칭된다.

하지만, 가장 위험한 건.

각마(覺魔)와 탈마(脫魔)급이다.

각마는 오대마궁의 궁주와 그 가신들이 대부분이고, 탈마는…….

'오롯이 교주밖에 없으니까.'

새삼 몸의 구멍이 뚫린 채로도 숨통이 끊어지지 않았던 그 경이로운 생명력이 떠올랐다.

'이번엔 넘어설 수 있을까?'

자연히 떠오른 반문.

악운은 우뚝, 걸음을 멈춰 세웠다.

"넘어서야지, 반드시."

나직이 읊조리는 그의 눈에는 환하게 웃고 있는 아버지와 가솔이 환영처럼 피어올랐다.

그들이 이겨 내야 할 이유였다.

이제 악운에게는 그들이 천하(天下)였으니.

❧

다시 며칠이 흐르고 악운은 남궁세가보다 하루 일찍 옥화관을 떠났다.

사실 진즉 떠났어야 할 일이었다.

애초에 유 대주의 악가상천대는 산동상회의 일로 일찍 떠나야 했으나, 악운의 동행 요청과 환단 복용으로 인해 조금 시일이 늦어진 것이다.

그래서 일행은 이틀에 한 번씩 노숙으로 쪽잠을 청하며 쉼 없이 말을 달렸다.

하지만 짧은 쉬는 시간은 지쳤을 가솔을 위한 것.

환단 복용으로 인해 실력이 몰라보게 일취월장한 일행은 잠도 자지 않고 악운을 찾아와 무공 조언을 얻었다.

악운도 가르치는 것에 큰 즐거움을 얻고 있었기에 먼저 찾아오는 가솔에게는 하나라도 더 알려 주고자 노력했다.

그렇게 배우고 가르치며 일행은 마침내 기다리던 대도시에 들어섰다.

"남창이다—!"

뒤따라오던 가솔 한 명의 외침에 선두에서 말을 달리던 악운이 빙긋 미소 지었다.

남창의 전경을 보니 원룡회의 일이 끝나고 새로운 시작이 다가왔다는 것이 새삼 피부에 와닿았다.

❧

화평객잔.

"소가주, 참으로 먼 길 오셨소."

악운 일행을 맞이한 건 다름 아닌 상회를 이끌고 있는 장설평이었다.

회주인 장설평이 직접 나섰다는 건 이번 거래가 결코 작은 거래가 아니라는 걸 의미했다. 애초에 제녕으로 향하려던 악운이 유예린과 동행한 건 이 때문이기도 했다.

"바쁘실 텐데 환대해 주셔서 감사합니다. 자세한 말씀은 안에서 나누시지요."

"좋소이다. 자, 그럼……."

장설평은 이미 객잔 하나를 통째로 빌려 둔 차였다.

"부각주와 유 대주 그리고 백 대주는 저와 함께 동행하지요. 현 소저는……."

현비가 재빨리 눈치를 봤다.

보나마나 복잡한 이야기들을 해 댈 게 뻔했다.

"나는 그냥 내 방으로 갈게요."

"편하신 대로 하시지요."

"네."

이윽고 다섯 사람만이 삼 층 방으로 이동했다.

❧

악운은 일행과 방 안 탁자에 둘러앉은 후에 운을 뗐다.

"그간 바쁘셨다고 들었습니다."

"자세한 얘기는 오면서 들으셨소?"

악운이 고개를 끄덕였다.

"예. 해온상단과 거래를 하신다면서요."

"그랬지. 목선 건조에 관한 이야기를 나눴소. 알겠지만 가문 내에서는 본격적으로 선박 건조와 수로 운송을 고려하고 있다오."

호사량이 장설평의 내심을 읽었는지 나지막이 물었다.

"잘 풀리지 않으셨소?"

"그렇다오."

"무엇이 말이오?"

"음, 이미 그들과 거래하는 세력이 있었소."

듣고 있던 유예린이 고개를 갸웃거렸다.

"회주님의 말씀이 이해가 안 되는군요. 건조에 필요한 비용을 내면 건조를 하는 것이 그들의 일일 텐데, 이미 거래하는 세력이 있다고 해서 저희와 거래를 하면 안 된다는 이유가 대체 뭐지요?"

장설평이 수염을 쓸어내리며 대답했다.

"당연한 질문이오. 하지만 그들끼리는 쉬쉬하는 분위기였소. 언급 자체를 피하는 분위기랄까? 그렇다고 강압적으로 힘을 행사하기는 싫더군."

조용히 있던 악운의 눈에 이채가 흘렀다.

듣고 나니 뭔가 짚이는 것이 있었다.

"대총문은 포양호를 앞에 두고도 상선 사업에 아예 손을 떼고 있었지요. 그것이 이 일과 관련이 있었을까요?"

"역시……."

장설평은 악운의 혜안에 감탄했다.

별다른 설명 없이도 악운은 현재 사안의 본질을 꿰뚫어 보고 있었다.

"소가주의 말이 맞소. 따로 조사해본 결과 대총문은 애초에 상선 사업에 눈길조차 주지 않았소. 그건 이 사업이 우경전장을 배후에 뒀기 때문이었소. 총경리가 전해 준 정보라오."

호사량이 눈을 가늘게 떴다.

"우경전장……."

백훈이 호사량의 표정을 살핀 후 물어봤다.

"우경전장이 유명한 건 알고 있다만. 그렇게까지 심각한 일인가?"

"우경전장은 내로라하는 염상(鹽商)들이 모여 세운 거대 전장 중 하나다. 너도 알다시피 황궁이 무너진 후에도 공신력은 여전하지."

"그런데?"

"문제는 그들이 청성파, 공동파에도 많은 도납을 내고 있단 사실이야. 대총문과 개방 분타도 명분 없이는 우경전장을 건드릴 수 없단 얘기다."

우경전장은 산동에도 여러 지부가 있는 전장이었다.

한때 삼자 회담의 토지 금액을 처리하는 데에 중개인 역할을 한 곳이었다.

"부각주 말이 맞소. 우경전장은 어마어마한 금력을 동원하여 포양호의 수로를 지배하고 있지. 하지만 충돌은 피할 수 없게 됐소. 최근 만익전장이 산동성 내에서 우경전장의 입지를 약화시킨 까닭이라오."

악운이 부연 설명을 보탰다.

"하긴 그런 데다가 수로까지 진출하려고 한다는 것을 알면 그들의 입장에서는 눈엣가시가 되겠지요. 그간 그들은 염전을 지상보다 수로를 통해 운송해 왔을 테고, 빠른 운송 속도는 단기간 내에 세력을 불려 주었을 테니까요. 입지를 빼앗기는 기분이 들 겁니다."

장설평이 굳은 표정으로 대답했다.

"이해하오, 누구라도 그럴 터이니. 하지만 경쟁의 기회는 누구에게든 공평히 주어져야 하오. 그들의 경쟁 방법은 분명 잘못됐소. 건조와 관련된 상단을 모두 독점하고 있을 뿐 아니라, 운송 과정까지 장악했지."

수로는 제녕으로까지 이어진다.

즉, 현재 우경전장은 선박과 수로를 독점하고 있단 소리.

하지만……

그게 가능하려면 수적들의 협조가 필요할 것이다.

악운은 점점, 유준의 의중이 명확해지는 것을 느꼈다.

"우경전장만이 문제가 아니었던 거군요. 우경전장의 수로 통과를 용인해 주는 세력이 따로 있는 겁니다. 이를테면 수적 같은."

장설평이 쓰게 웃었다.

"맞소. 정확하오. 중소 규모 상단들이 물길에 엄두도 내지 못하는 이유지."

백훈이 헛웃음을 흘렸다.

"구파일방 중 두 곳, 거대 염상들이 세운 전장…… 그리고 수적까지 선박 건조에 엮여 있다는 말이야? 이거야 원!"

"골치 아픈 일이군요."

유예린이 아미를 찌푸렸다.

그녀도 한때는 중소 규모 도시에 숨어들어 그곳을 경영하는 수준에 이르렀었다.

장사치는 아니어도 돌아가는 상황을 이해하는 데에는 전혀 문제가 없었다.

"포양호의 북쪽 끝은 장강으로 흘러간다고 알고 있어요. 수적에 대해서는 자세히 모르지만, 한때 장강을 지배했던 백해용왕의 휘하 인물들이 예까지 흘러 들어온 것이겠지요?"

"그렇소. 장강수로채라고 하지."

악운은 오랜 세월을 지나 그 이름을 다시 듣게 되자 감회가 새로웠다.

'내 예상대로구나.'

악운의 생각이 끝나기 무섭게 장설평이 말을 이었다.

"수로가 혼란해진 것은 황제의 붕어 때문만이 아니었소. 혈교의 침략과 백해용왕이 이끌던 장강수로채의 분열이 빚은 최악의 상황이었지."

이 일에 대해 잘 알고 있는 호사량이 나직이 읊조렸다.

"장강결전."

"맞소. 어마어마한 사상자를 낸 결전이었지. 태양무신을 등에 업은 백해용왕의 승리였지만 승리라고 보기도 힘들었소. 백해용왕은 사망했고, 그의 아들도 모두 죽었으니…….. 장강수로채가 완벽히 해체된 거지."

백훈이 이해가 안 간다는 듯 눈살을 찌푸렸다.

"그럼, 평화로워져야 하는 거 아니오?"

"잠깐은 그리됐소. 하지만 태양무신 사후 눈치를 보고 있던 수적들이 다시 뛰쳐나왔지. 이후 장강은 혼란 그 자체였소. 아무도 제지하지 못했고, 수적들이 이익을 두고 싸워 댔소. 조운선, 염선, 그 어느 배도 띄울 수 없었지. 그런데…….."

잠시 말끝을 흐렸던 장설평이 한 인물의 이름을 언급했다.

"장사성이라는 자가 나타났소."

"처음 듣는 이름이군요."

유예린의 얘기에 장설평이 설명을 보탰다.

"모르는 게 당연하오. 조용하고, 빠르게 수로를 지배하기 시작했으니까. 최근 거대 세력들만이 수로를 이용한다는 얘기가 심심찮게 들려온 건 모두 장사성의 지배 덕분이었소."

유예린은 그제야 이해가 간다는 듯 고개를 끄덕였다.

"결국 장사성의 협조를 얻어야 수로 운항이 가능하다는 것이군요."

"그렇소. 물론 선박 구입이 수반됐을 때여야 가능한 일이오. 넘어야 할 산이 한두 개가 아닌 셈이지."

총체적 난국에 일행은 모두 할 말을 잃었다.

사업을 포기하든가, 아니면 우경전장과 손을 잡든가 둘 중 하나였던 것이다.

악운은 문득 궁금해져서 장설평에게 물었다.

"혹여 총경리는 이 문제에 대해 뭐라고 했습니까?"

"내게 말이오?"

"예."

"하하!"

장설평이 갑자기 웃음을 터트렸다.

"왜 웃으시는지요?"

"총경리가 소가주께서 내게 그 질문을 반드시 하실 거라 예견하더구려. 적중한 것이 놀라워 웃었소."

"그럼 제게 답을 줬겠군요."

"맞소. 총경리는 이 문제에 대해 자신의 의견을 강력히 피력했소."

"무엇이었습니까?"

"소가주가 품은 뜻을 세우시라더군. 그것이……."

장설평이 웃음기를 지우고 대답했다.

"무엇이든."

충돌의 시작

잠시 고심하던 악운이 다시 입을 열었다.

"좋습니다. 그럼 제 뜻대로 과감하게 움직여 보도록 하지요. 해온상단은 포기하고 다른 방향으로 움직여 봐야겠습니다. 장 회주께서는 이제 어찌하실 겁니까?"

"우선 인편을 보내 조 총관님께 보고드리고, 선박 건조를 해결하기 위해 안휘성에 있는 여러 상단과 접촉해 볼 참이오. 당장은 여기 남아 있어 봤자 할 수 있는 일이 없을 테니…… 소가주는 어떻게 하실 참이오?"

"먼저 제녕으로 가서 총경리를 만나 볼 생각입니다."

"현명하신 판단이오. 아마 총경리는 소가주의 도움이 절실히 필요할 것이오. 현재 총경리는 제녕과 안휘로 통하는 수로(水路)를 확보하기 위해 기반 시설에 투자하는 중인데, 항구 개발에 방해 요소가 생겨나고 있소. 수적은 둘째 치더라도 파락호들이 시시때때로 나타나 시비를 건다더군."

들고 있던 백훈이 인상을 쓰며 말했다.

"대부분 고용된 자들일 거야. 유 선생의 사업을 방해하려는 쪽에서 보낸……."

악운이 뒷말을 이었다.

"이를테면 우경전장 말이지. 역시 원론적인 해결법이 아니고서는 힘들다는 얘기겠어. 부각주님."

"말씀하시오."

"수적 소탕을 진행해 보는 건 어떻습니까?"

호사량의 눈빛이 흔들렸다.

"우경전장과의 직접 충돌 대신 우경전장이 손을 잡고 있는 장사성을 무너트리겠다는 것이오?"

"예. 제아무리 우경전장이 청성과 공동과 손을 잡고 있다고 한들, 수적 소탕에는 그 두 문파가 우리를 방해할 명분이 없지요."

장설평이 헛웃음을 지었다.

악운이라면 상상 이상의 결단을 내릴 거라 예상했지만, 곧바로 수적 소탕을 언급할 줄은 몰랐다.

"좋은 생각이긴 하오. 우경전장의 개입을 원천봉쇄하고 그들과 협력 관계에 있는 수적부터 소탕하겠다는 것이니까.

하지만 수적의 규모는 그저 작은 수채(水砦) 정도가 아니오. 들기로는 일군(一軍)의 규모라 하오."

악운은 장설평의 충고에도 의지를 꺾지 않았다.

"전투는 숫자로만 하는 게 아니라 배웠습니다."

"좋소. 하지만 그럼 배는? 당장 수적과 싸울 배가 없는 것이 문제 아니오?"

"건조와 정박을 시작할 항구는 제녕에서 준비하면 될 일이고, 배 건조에 필요한 목재 등은 산동과 안휘에서 거래하면 됩니다. 남은 건 배를 건조할 장인과 완성된 배를 운영할 뱃사람들이지요."

잠자코 있던 백훈이 눈을 빛냈다.

"뱃사람이었던 자들은 낭인들 중에도 더러 있어. 그건 낭인 출신인 우리 대대가 총경리와 협조하여 탐색해 볼게. 하지만 많지는 않을 거야."

결국 장설평도 백훈에게 힘을 보탰다.

"소가주의 뜻이 정 그러하다면 건조에 필요한 자재 등은 내가 준비해 보도록 하겠소. 아마 조 총관님도 큰 도움을 주실 것이오."

악운이 고개를 끄덕였다.

"아마 운상(運商)을 하셨던 경험과 인맥을 살리셔서 이미 여러 곳에 수소문을 하고 계실 겁니다."

"소가주도 알고 있었구려."

"예. 아무튼 절 도와주실 준비는 그 정도면 충분합니다. 남은 건 뱃사람들의 충원이겠지요. 그건 제가 맡도록 하겠습니다."

유예린이 의미심장하게 물었다.

악운에게 또 다른 계획이 있는 것 같다는 생각이 문득 스친 것이다.

"혹여 뾰족한 방도라도 있으신가요?"

악운은 희미하게 미소 지었다.

"예, 있습니다."

그날 밤.

장설평은 산재한 일들을 처리하기 위해서 상회의 가솔을 이끌고 떠났다.

그래서 유 대주는 악가상천대를 반으로 나눠 부대주 두 사람에게 장설평과 상단의 호위를 맡겼고, 나머지 절반은 본인과 함께 악운의 곁에 남게 했다.

애초에 그녀가 파견 나온 것은 혹시 모를 악운의 위협에 대비하기 위함이었기에 가문으로부터 추가 임무가 떨어지기 전까지는 악운의 곁에 남기로 한 것이다.

그 덕에 악운도 유 대주의 호위를 받으며, 제녕으로 향했다.

호북성 무한.

밝은 달 아래 다섯 명의 노인들이 도심이 훤히 내려다보이는 고층 기루에 모여 앉았다.

염상(鹽商)으로써 최고에 오른 거상들이며, 우경전장을 세워 다양한 곳에 세를 확장하고 있는 오경회(五暻會)의 구성원들이었다.

상석에 앉아 있던 검버섯 핀 노인이 근엄하게 입을 열었다.

회주 노일평이었다.

"크흠, 산동악가에서 수로로 사업을 확장하려 하고 있다는군. 해온상단과의 접촉을 꾀한 모양이야."

왼쪽 눈에 안대를 하고 있는 대머리 노인이 못마땅한 눈빛을 보였다.

부회주 하공인이었다.

그는 오경회 내에서도 강경파에 속했다.

"명분을 만들어서라도 쓸어버리는 게 낫지 않겠소이까? 산동성의 이권 싸움까지 관망해 준 탓에 놈들은 이제 의기양양해졌소. 초장에 기를 꺾어 놨어야 하거늘……."

노일평이 담담히 고개를 까딱였다.

"틀린 말도 아니긴 하지. 다들 어찌 생각하는가."

청수한 분위기의 노인, 정현이 신중하게 말했다.

"이미 지난 일을 들먹여 봐야 소용없다고 생각하오. 앞으로가 중요한 것이지."

마주 앉은 육우란 노인이 정현의 말에 동의했다.

"정 당주 말이 맞소. 길길이 분노한다고 해결될 일이 아니오. 산동악가는 세력 확장에 열을 올리는 중이오. 해온상단과의 거래가 좌절되었다고 해서 운하를 쉽게 포기하지 않을게요."

마지막 구성원 번겸이 옷에 달린 회색 단추를 매만지며 씨익 웃었다.

"다들 왜들 그리 복잡하게 생각하는지……. 껄끄러운 자들이라면 치워 버릴 방법을 고안하면 되는 거 아니겠소이까?"

하공인이 탁자를 쾅 내리쳤다.

"내 말이!"

"그렇다고 부회주의 계획에 동의한다는 건 아니외다. 부회주는 너무 과격하단 말이지. 클클! 나는 그보다는 좀 더 우아한 계획이길 원하오. 우리가 오랜 세월 그래 왔듯이."

노일평은 번겸을 눈여겨봤다.

번겸은 늘 재치 있는 계책을 내놓는 회 내부의 꾀주머니와 같았다.

"그럼 번 당주는 어찌하면 좋겠나?"

"회주, 우리가 처음부터 오경회를 세웠소? 아니잖소. 무수

한 배신과 싸움을 일삼으며, 서로의 등을 지키고자 예까지 온 거 아니겠소? 천대받는 상인의 지위를 회복하고, 천하에 우리의 위대함을 알리고자!"

"해서 하고 싶은 말이 무엇인가?"

"해온상단과의 거래가 끝난 이상 놈들은 방향을 돌려 수적을 소탕하려 할 게요. 수적 소탕을 명분 삼아 우리의 이권까지 노리려 들겠지. 그럴 바엔 우리가 먼저 움직입시다."

"먼저 움직인다라……."

"산동악가에 화의(和義)를 권하며 우리의 배를 빌려주는 것이오. 우리의 눈과 귀가 되어 줄 선원도 투입시켜야겠지."

"그다음엔?"

"장 채주에게 놈들의 모든 움직임을 전달해 주는 것이오. 하나부터 열까지 전부 다. 그럼 놈들은 박살이 날 테고 우리가 빌려줬던 배도 보상해야 할 게요."

"만약, 그자들이 우리의 제안을 거절하고 독자적으로 움직인다고 한다면 어찌할 텐가?"

"이 일을 잘 해결할 시 산동악가에 우리의 이권 사업을 사할까지 내주겠다고 추가로 약조하는 것은 어떻겠소?"

하공인이 인상을 구겼다.

"그게 말이나 되는 소리인가!"

번겸이 껄껄 웃으며 여유 있게 대답했다.

"진정하시오, 부회주. 그건 놈들을 꾀어 낼 명분에 불과하오. 어차피 놈들은 수적 소탕에 실패할 것이오."

그러자 정현이 깊게 가라앉은 눈으로 이의를 제기했다.

"놈들도 바보가 아니오. 이미 사전 조사 중에 우리와 장 채주의 연관성을 찾아냈을 수도 있소. 우리가 운하를 독점으로 이용하고 있는 건 세 살짜리 어린애도 아는 사실이니……."

"나도 알고 있소. 그러니 거절할 수 없는 조건을 걸자고 한 것이오. 본 전장의 사 할의 이익이면 얼마나 막대한 금액인지 상상이 가시오? 그런 이익을 수적 소탕만 하면 안겨 주겠다는데 누가 마다할까!"

육우가 고개를 주억거렸다.

"하긴 그럴 가능성이 높겠군. 하나 만약 그럼에도 받아들이지 않는다면 어찌할 게요?"

번겸은 일말의 고민 없이 씨익 웃으며 답했다.

"그럴 일은 없겠지만 만약 그리된다면 이제껏 수적의 눈치를 보며 어쩔 수 없이 협조해 온 세월이 억울하다는 입장을 표명하시오. 듣자 하니 산동악가는 예나 지금이나 명분에 죽고 사는 명청한 무리라던데……. 아마 그쯤 되면 제안을 받아들일 것이오. 그럼에도 거절한다면 강경한 방법밖에 없겠지."

이쯤 되자 노일평이 결단을 내렸다.

"그럼 그리하도록 하세. 번 당주의 뜻대로 제녕으로 인편을 보내 그들의 의향을 묻는 한편, 장 채주에게도 현재 상황을 전하도록 하지.”

그제야 하공인이 술잔을 높이 들었다.

“자, 하종천인(下種賤人)의 피로 부귀영화를!”

“부귀영화를!”

이어서 번겸이 호탕하게 웃으며 외쳤다.

“기녀를 들라 해라! 내 오늘 네년들이 귀한 어른을 모시도
록 은혜를 베푸마! 클클!”

❧

짙은 운무(雲霧)가 깔린 무명의 섬.

귀기(鬼氣)마저 느껴지는 음산한 섬이었다.

하지만 하얀 안개 사이로 보이는, 정박된 수십 척의 배들
은 섬에 주인이 있음을 증명하고 있었다.

그뿐이 아니었다.

섬 안쪽으로 향하면 거친 숨소리와 고함 소리가 가득해졌
다.

“우에엑!”

“크허헉!”

“흐아압!”

황색 두건을 머리에 쓴 기골 장대한 수백 명의 사내들이
양팔, 양다리에 철구(鐵具)를 매달고 외공 수련에 한창이었던

것이다.

온몸이 땀으로 범벅이 된 채 땅을 구르고 있는 그들 한가운데.

부채주 하태청이 매의 눈을 보이고 있었다.

"수련을 게을리 하지 마라! 오늘의 게으름이 내일의 죽음을 만든다! 언제까지 물길에서만 살 것이냐! 지상으로 나아가 군림해야 하지 않겠느냐!"

그때였다.

하태청의 뒤쪽에서 음영이 생겼다.

하태청은 그제야 기척을 느끼고 고개를 숙였다.

그가 기척을 놓칠 만한 인물은 이 섬의 단 한 사람밖에 존재하지 않았다.

"오셨습니까, 채주."

고개를 숙이는 그의 앞에 기골이 장대하고, 눈이 부리부리한 중년인이 나타났다.

그는 장강의 사자(師子)였다.

아군이 된 자는 끌어안으나 적은 모조리 삼켰다.

적아의 구분이 명확했고, 결단에는 주저함이 없었다.

사자동인(師子銅忍), 장사성.

최근 강서와 안휘로 통하는 모든 물길을 지배한 천룡채(天龍寨)의 주인이었다.

"최근 들어온 자들의 상태는 어떠한가."

"자질은 형편없으나, 독기는 있는 자들로 보입니다."

장사성이 이를 드러내며 씨익 웃었다.

"성장 가능성이 높은 형제들이로군."

"두고 봐야 할 일입니다."

"그래, 자네가 잘 결정하겠지. 알고 있겠지만 나는 자네의 강직함과 솔직함이 늘 마음에 든다네."

"어찌 채주께 한 점의 거짓을 고하겠나이까?"

"알고 있네. 날 아는 자들은 나를 두려운 눈으로 보지만 자네만은 아니지. 그래서 자네를 더 믿는 것이기도 해. 그보다……."

장사성은 하태청을 찾아온 이유의 운을 떼기 시작했다.

"번 당주로부터 연통이 왔네. 산동악가가 기어코 일을 치르려 한다는군."

"소탕이라도 나선답니까?"

"그래, 나를 소탕하기 위해 준비를 갖추고 있는 모양이야."

"그래 봤자 물에서는 꼼짝도 못할 자들입니다. 제아무리 화경의 고수가 있다고는 하나 데리고 있는 가솔과 배를 잃고 나면 뭘 할 수 있겠습니까? 하지만……."

하태청의 눈이 예리하게 빛났다.

"작은 변수조차 없이 만반의 준비를 갖추도록 하겠나이다."

장사성이 흡족한 눈빛으로 하태청의 어깨를 두드렸다.

"그래. 그 말을 듣고 싶었다네."

"예, 믿고 맡겨 주십시오."

"그리고 최근 잡아온 노예들이 꽤나 품질이 좋았나 보더군. 거래자들이 더 많은 노예들을 원한다고 중개인 노릇을 하는 암상(暗商)들이 전해 왔네. 약탈 횟수를 늘려 더욱 흑자를 내게. 우리의 성(城)을 세울 때가 머지않았네, 형제여."

"분부 받잡아 사력을 다하겠나이다."

장사성은 희미한 미소로 화답한 후 자리를 떠났다.

그가 떠나는 것을 확인한 하태청은 뜨거운 눈으로 장사성의 뒷모습을 응시했다.

장사성은 장차 수왕(水王)의 칭호를 갖게 되리라.

❧

"와……."

호길은 깜짝 놀랐다.

도착하고 보니 말로만 듣던 제녕의 규모에 깜짝 놀란 것이다.

옆을 보니 현비도 입을 크게 벌린 채 놀라고 있었다.

"일전에 와 봤던 제녕이 아닌데?"

현비는 정말 놀랐다.

무림 초출이던 시절 들렀던 제녕은 허름한 건물이 많았다.

빈촌이 대다수였고 점포의 인파는 대부분 어두운 표정이었으며 뒷골목의 파락호 같은 자들로 득실거렸다.

그런데.

'도시 안에 활력이 넘쳐.'

봇짐장수들이 저자 곳곳에서 자리를 잡고 다양한 물건을 판매하고 있었고, 줄지어 늘어선 점포도 낭인부터 아이까지 다양한 사람들이 물건을 사고팔고 있었다.

그뿐인가?

재건되는 항구를 중심으로 튼튼한 고층 전각들도 곳곳에서 새로 세워지는 중이었다.

제녕의 번성이 절로 느껴졌다.

함께 걸어가던 백훈이 물었다.

"많이 놀랍소?"

"네, 그러네요."

그녀의 대답이 끝나기 무섭게 지나쳐 가던 주변 사람들이 소곤거리기 시작했다.

"소가주님 아니셔?"

"소가주님이시다."

"어떡해! 너무 잘생겼잖아!"

제녕에 들어선 후부터 모든 일행은 방갓을 벗고 걷고 있었다.

악운의 얼굴은 순식간에 사람들의 눈에 띄기 시작했고, 악운을 알아본 사람들이 하나둘 모여들었다.

그중엔 악운 앞에 다짜고짜 무릎을 꿇는 사람들도 있었다.

"소가주님, 일전에 목숨을 구명받은 장 씨라 합니다!"

"소가주님 덕분에 농토를 되찾았습니다!"

그렇게 순식간에 몰린 인파로 인해 더 나아갈 수 없게 되자 유예린이 나섰다.

"자, 마음은 알겠으나 모두 소가주께서 이동하실 수 있도록 협조해 주었으면 좋겠어요. 악가상천대는 길을 트도록 하라."

"자 자, 다치지 않게 길을 넓혀 주시오."

그녀의 하명이 떨어지자 악가상천대 대원들은 자부심 가득한 미소를 지으며 조심스럽게 몰려든 사람들을 좌우로 조금씩 흩어지도록 도왔다.

현비는 수많은 민초들이 열광하는 모습을 보며 혀를 내둘렀다.

수많은 사람들이 악운을 존귀한 존재로 바라보고 있었으니까.

백훈이 현비에게 넌지시 말했다.

"이 얘기를 들으면 놀라겠지만 불과 일 년도 채 안 되는 시기에 이뤄진 성과요. 도시의 발전도, 소가주의 덕망도……."

"이 모든 변화가요?"

"그렇소. 알겠지만 본래 여긴 대자사라는 작자들의 놀이터나 다름없었으니까."

백훈은 악운이 제녕에 도착한 후에 일어났던 사건들과 그가 일으킨 도시의 변화에 대해서도 언급했다.

"소가주가 한 일은 단순히 대자사 토벌이 아니었소. 죽어가던 도시를 되살렸지. 꿈이 있던 한 상인에게 기회를 주었고, 피해 입은 사람을 구제했소. 빈촌의 민초들은 항구 재건에 필요한 인력으로 대체하여 정당한 삶을 주어 새출발을 할 집도 지어 줬지."

현비는 진심으로 감탄했다.

"관의 역할을 대신한 거네요. 어쩐지……."

"맞소. 어쩌면 소가주는 제녕에 도착하기 전부터 이런 계획이 있었던 건지도 모르겠소. 이런 커다란 일을 진행하면서도 단 한 번도 주저함이 없었으니까."

"백 대협은 어쩌다 소가주를 만난 건데요? 낭인이었다면서요?"

"나? 나는……."

백훈이 잠깐 머뭇거리던 찰나.

호사량이 의미심장한 미소를 지으며 말했다.

"아마 대답 못 할 거라오."

"왜요?"

"원래는 의뢰를 받아 소가주를 죽이려……."

"닥쳐라! 이 문사 놈아!"

백훈은 황급히 호사량의 입을 막으면서 서둘러 그녀의 곁을 떠났다.

현비가 피식 웃는 유 대주에게 물어보았다.

"왜 저래요?"

유 대주가 눈웃음을 지으며 담담하게 말했다.

"친해지는 중인가 봐요."

"얼마나 더 친해지셔야 되는 거지……."

호길이 콧잔등을 긁으며 중얼거렸다.

───※───

악운 일행이 저자를 지나가고 얼마쯤 흘렀을까?

붉은 무복을 입은 일단의 무리들이 인파를 가로 질러 악운의 앞으로 모였다.

"소가주님, 처음 뵙겠습니다. 엽보원(獵報院)에 속한 성신당(成信堂)의 당주 야율초재라고 합니다. 현 시간부로 바쁜 총경리를 대신해 소신이 하명받았습니다. 새로이 건립된 장원으로 모시겠습니다."

야율초재는 광대뼈가 튀어나온 흉흉한 인상의 소유자였지만, 인상과 달리 눈빛에는 정광(正光)이 가득했다.

견문이 넓은 호사량이 들어 본 이름이었는지 눈을 빛냈다.

"야율초재라면…… 강소성에서 이름을 날렸다는 청랑검(□ 狼劍)이 아니시오?"

"맞습니다. 부각주께서 알고 계시다니 몸 둘 바를 모르겠습니다."

"어찌 모르겠소? 강소성에서 한번 받은 의뢰는 완벽히 해결한다는 해결사로 여러 번 들어 본 적 있소. 단신으로 약탈온 수적 수십 명을 베었다는 일화는 꽤나 유명했지."

백훈도 한마디 거들었다.

"나도 들어 본 적 있는 것 같은데? 반갑소. 악가뇌혼대의 대주 백훈이오."

"두 분의 협명(俠名)은 이미 익히 들어서 알고 있습니다. 이리 뵙게 되어 영광입니다."

그렇게 짧은 인사를 마친 후.

악운과 일행은 준비된 마차와 말에 올랐고, 새로 건립된 전장 장원으로 이동했다.

악정호가 떠난 후 건립되기 시작한 전장은 못 보던 새 삼분지 일 이상이 지어져 있었던 것이다.

계획했던 대로 전장 금고처(金庫處)와는 별개로 엽보원의 일원들이 거주하는 장소였다.

다그닥다그닥.

마차 창밖을 내다보던 악운은 말을 몰고 있는 야율초재에게 물었다.

"금고처는 어찌 운영되고 있습니까?"

"부각주께서 조언을 보태신 총 스물다섯 개의 기문진식과 위급 시에 퇴로를 막을 수 있는 내부 폐쇄 석문(石門)까지 세워졌습니다. 대외적인 일은 제가 속한 성신당이 나서고, 금고처의 관련된 수송과 호위는 엽보원 내의 와호당(臥護黨)이 맡고 있습니다. 자세한 내부 사정은 총경리께서 소가주께 말씀드릴 것입니다."

기문진식을 세우려면 결코 작은 돈으로는 불가능하다.

금고처 안에 녹아든 기문진식의 개수만 들어도 금고처 설립의 투자금이 많이 들어갔다는 것을 알 수 있었다.

대자사 부지에 세워진 덕분에 토지 대금을 아꼈고, 그렇게 아낀 돈을 필요한 곳에 사용한 것이다.

호사량은 만족스러운 눈치였다.

"흡족하구려, 여러모로."

이어서 야율초재가 악운에게 미소 지으며 말했다.

"이제 다 왔습니다."

이윽고 야율초재는 선두로 말을 이동시키며 소리쳤다.

"소가주께서 오셨다! 길을 열어라!"

그의 외침이 떨어지기 무섭게 담벼락을 따라 세워진 장벽 같은 대문이 마차를 맞이하기 위해 열리기 시작했다.

구궁!

마침내 도착한 것이다.

전장에 도착한 악운은 일행들과 함께 각자 배정된 귀빈실에 짐을 풀었다.

그 후 얼마 지나지 않아 유준이 악운이 있는 방으로 악운을 찾아왔다.

"소가주."

"그간 편안하셨습니까."

"그럴 리가 있겠습니까? 소가주께서 맡긴 책무가 무거워 죽겠습니다."

"벌써 결의가 꺾이시면 안 되지요."

"인사를 드리자마자 채찍질이시라니, 부탁하건대 오늘은 봐주십시오. 신 각주님만으로도 버거워 죽겠습니다."

악운은 피식 웃음 지으며 유준과 자리했다.

그사이 시비가 차를 내오자 두 사람은 창밖을 내다보며 그간 못 나눴던 대화를 시작했다.

"최적의 입지더군요."

"예. 부각주가 제대로 골랐습니다."

유준의 말처럼 도심부에서 야트막한 산자락으로 향하는 이동로 중턱에 세워진 만익전장은 도심과 남양호의 절경을 모두 내다볼 수 있는 절묘한 입지에 위치하고 있었다.

"물론 운송 마차가 다닐 수 있게 관도를 확충하는 건 돈이 좀 들었지만……. 대체적으로 만족합니다."

"다른 사업에도 변화가 많았습니까?"

"예. 전장에서 투자한 도가(都家) 사업도 슬슬 자리를 잡아 가서, 산동성 내에서는 태평도가(太平都家)의 술을 찾는 객잔들이 문전성시를 이루고 있지요. 물론 수송을 맡아 준 산동상회 덕분에 새로운 거래처와 연결되기가 용이해져 사업을 더 신속하고 빠르게 구축할 수 있었습니다."

악운은 계획했던 가문의 사업 윤곽이 이제 완전히 자리 잡혔다는 확신이 들었다.

만익전장이 투자하고 산동상회가 운송과 다양한 투자처를 찾아내며 그들과 손을 잡은 만인(萬人)이 각자의 자리에서 상생하는 것.

그로 인해 가문의 덕망과 명성이 높아지는 건 당연한 일이었다.

사람이 따르면 금전은 자연히 따라오기 마련이니.

악운이 생각했던 기틀이 잡힌 것이다.

유준이 과거를 떠올리듯 회상에 잠겼다.

"가끔 이런 생각이 듭니다. 처음 저를 고용하셨을 때 소가주께서는 이미 이런 사업의 연계를 꿈꾸셨던 것이 아닌가 하는……."

"왜, 그리 생각하셨습니까?"

"나무보다 숲을 보는 분이 아닙니까?"

"반드시 그런 것만은 아닙니다. 계획이란 건 누구든 세울 수 있지만 그걸 이뤄 낼 수 있는 역량이 없으면 불가능한 일이니까요. 결국 그간의 사업 기틀을 이뤄 낸 분들은 총경리를 비롯한 모든 가솔입니다."

"과연……."

유준은 악운의 대답이 결코 겸손이 아니라는 것을 확실히 느꼈다.

악운의 눈과 표정, 그간의 선택들…… 모든 상황에서 그는 진심이었다.

하여 이쯤에서 유준은 한 번 더 묻고 싶었다.

"이제 소가주의 평안을 위한 다음 계획은 뭡니까? 아니, 이번 일에 어떤 뜻을 세우기로 하셨습니까?"

이 질문은 유준이 장설평을 통해 악운에게 한 얘기의 연장선이기도 했다.

악운이 짐짓 웃음기 담긴 표정으로 대답했다.

"이미 제 대답은 예상하셨을 텐데요."

"하하, 맞습죠. 소가주라면 응당 물길을 열기 위한 싸움을 시작할 것이라 생각했습니다."

"당연하지요. 운하를 비롯해 교역을 시작할 물길들을 누구든 역량이 있다면 이용할 수 있게 해야 합니다."

"중소 상단들은 쌍수를 들고 환영할 겁니다, 하하! 물론 개입하려 들지는 않겠지만……."

"때가 되면 다들 이해하고 따르게 되겠지요. 아직 때가 오지 않았을 뿐……."

악운의 대답에는 결코 지금의 나이에서 말할 수 없는 깊은 연륜이 자연히 배어 있었다.

가끔 이해하려고 해도 정말 이해되지 않는 깊이가 느껴진다.

그래서 더욱 소가주가 특별한 것이겠지만.

"새삼 소가주를 따르기를 잘했다는 생각이 듭니다."

"저를 따르는 게 아니라 가문을 따르는 것이지요."

"예. 오죽하시겠습니까, 하하! 어쨌든 소가주의 뜻을 알았으니 저 역시 그 뜻에 따라 움직여야겠지요."

악운의 의중을 확실히 짚고 넘어간 유준은 숙고하고 있던 일을 언급하기 시작했다.

"잠시 후에 다른 수장들도 소집하여 재차 논의할 일이겠지만 궁금하니 우선 물어보겠습니다. 우경전장과 맞서기로 마음먹었다면 어떻게 움직일 셈입니까?"

"수적을 직접 소탕할 생각입니다."

"하면 배는?"

"그건……."

악운은 반문한 유준에게 장설평과 나눴던 이야기를 간결하게 전달했다.

그제야 유준이 고개를 끄덕이며 말했다.

"이야기가 그리 진행됐다면 항구 개발 속도를 더 높여야겠
군요. 흐음. 그럼 여기서부터는 회의각(會議閣)으로 이동해서
이야기를 계속 나누시지요. 항구 재건에 관해 다른 부처의
수장들과도 논의해 보아야겠습니다."

"알겠습니다. 한데 총경리."

"예."

"실패할지도 모르는 일입니다. 막대한 피해를 입을 수도
있는 위험한 일이란 뜻입니다. 총경리가 말린다면 저 역시
보류할 생각이 있습니다."

"제 야망은 육지와 물길을 가리지 않고 모두 가문의 영역
으로 확장하는 것입니다. 일전에 말씀드리지 않았습니까, 투
자에는 늘 위험 부담이 작용한다고……."

"그럼 이번 투자는 그럴 가치가 있어 보입니까?"

유준이 의미심장한 눈웃음을 지었다.

"예. 소가주를 처음 뵈었을 때만큼 많이요. 자, 가시지요."

"예."

두 사람이 나란히 방을 벗어났다.

꿀

잠시 후 유준의 요청으로 악운을 비롯해 유예린, 호사량,
백훈이 소집됐다.

외부에 일이 있는 신 각주를 제외한 모두가 모인 셈이었다.

　　"다들 아시겠지만 이미 수적 선포에 관한 일은 현재 진행 중이오. 가주께서는 내게 이 일을 일임하셨고, 나는 소가주의 뜻을 확인한 후 진행하기로 마음먹었소. 그리고 오늘 비로소 마음을 정했지."

　　유준은 뜨거워진 눈으로 악운을 바라봤다.

　　"현 시간부로 전장의 사활을 운하 교역에 걸겠소. 수적 소탕이 완료될 때까지 전장의 다음 사업은 없을 것이오."

　　유준의 결의이자 배수진이었다.

　　유준은 수적 소탕의 목표를 두고 필요한 계획을 논의했다.

　　그중에서 현재 당장 시급히 해결해야 할 문제는 항구 개발을 진행하는 데 있어 생긴 어려움이었다.

　　"산동상회의 장 회주께 이야기를 들었겠으나 현재 항구 개발에는 방해 요소가 있습니다."

　　호사량이 수염을 쓸어내리며 대답했다.

　　"수적과 파락호가 득세하고 있다고 들었소."

　　유준이 지체 없이 고개를 끄덕였다.

　　"부각주 말씀이 맞소. 게다가 엽보원을 통하여 조사해 본

바로는 파락호의 배후에 수적이 있는 것 같소. 즉, 제녕에 사는 파락호 무리가 수적에게 지원을 받고 활동하는 셈이지."

백훈이 고개를 갸웃거렸다.

"왜 진작 처리하지 못한 거야?"

"음…… 부끄럽지만 엽보원 내부에 놈들을 돕는 자들이 있어."

장내에 모인 일행은 일제히 할 말을 잃었다.

예상된 일이었는지 유준은 담담히 말을 이어갔다.

"가주님은 이미 아시고 있고, 어떻게 도려내야 할지를 고민하고 있는 상황이야. 그러던 차에 소가주께서 도착하셨고."

호사량의 눈빛에 날카로움이 감돌았다.

어떻게 이뤄 낸 가문인데…….

벌써 내부에서 썩은 물이 생긴다는 건 용납할 수 없었다.

"자세히 들어봤으면 좋겠소."

"알겠소. 아시다시피 엽보원은 엽보장들과 세력 없이 떠돌던 낭인들이 안정된 생활을 위해 몸담기 시작하면서 규모가 커졌소. 핑계로 들리겠지만 당시엔 황보세가와의 문파대전을 비롯해 엽보원 내에 안정화를 위한 초석을 다지던 시기라 내부 단속까지는 힘들었소."

"이해합니다. 사실이니까요."

악운은 누구보다 집단의 모순을 잘 알고 있었다.

외부의 적은 내부를 결집시키기도 하지만 외부의 적이 사라지면 내부가 썩기도 한다.

그럴 땐 단호하고 엄중히 대처해야 한다.

그 생각이 들자 악운은 신 각주가 떠올랐다.

"신 각주께서 가만히 있지는 않았을 텐데요?"

"잔뜩 화가 나시긴 하셨지만 조용히 정리해야 한다는 부분에서는 이의가 없었습죠. 어디까지 썩었는지, 얼마나 조직적인지를 알아내야 했으니까요. 그리고 최근에 들어서야 완벽히 파악을 마쳤습니다."

"그들은 아직 그 사실을 모릅니까?"

"단언할 수는 없지만 아직 별 습격이 없는 것으로 보아 그런 것 같습니다."

"잘됐군요. 그래서…… 어떤 자들입니까?"

"자기들끼리는 밀림회(密臨會)란 명칭을 씁니다. 다행히 성신당, 와호당의 당주들은 관련이 없고, 그 휘하의 부당주들 중 두 명의 인물이 관련이 있습니다. 또한 두 개의 당에서 올라오는 보고를 총괄하는 보총당(報總黨)이라는 조직 내에서도 세 명의 부당주가 밀림회에 속해 있습죠."

총 다섯 명의 부당주가 밀림회의 수뇌부라는 얘기였다.

유준이 말을 이었다.

"이들 다섯 명은 전부 독자적인 엽보장을 운영하던 자들이었지요. 상황을 보아하니 오히려 우리 가문 안에서 본인들의 영향력을 확장시키고자 마음먹은 것 같습니다. 겸사겸사 우경전장에서 뇌물도 좀 얻어먹은 것 같더군요."

유예린의 눈빛의 노기가 스몄다.

"흐름을 바꿀 수 없다면 제대로 편승해서 영향력을 행사하겠다는 것이군요."

유준이 동의했다.

"유 대주의 말씀이 맞소. 그들은 가문의 일을 행하면서도 개인의 영달을 위해 재물을 편취하는 건 기본이고, 목적을 위해서라면 가문의 사업을 방해하는 움직임도 보이고 있소. 심지어 영악하게 움직이지."

백훈이 눈살을 찌푸리며 물었다.

"어떻게 움직이기에?"

"흑주당(黑主黨)이라는 파락호 무리를 움직여서 항구 주변의 점포들의 점주들을 폭행하거나 그 주변에 머물고 있는 주민들의 집을 불태웠어. 간밤에 공사 중인 항구 개발 지역에 화재를 일으키기도 했고."

"그걸 그냥 놔뒀단 말이야?"

"놈들의 근거지를 추적해서 소탕하려 할 때마다 귀신같이 사라지더군. 밀림회에서 놈들에게 미리 정보를 흘려 준 거겠지. 하지만 몇 번 물먹은 덕분에 놈들의 정보망은 이제 완벽히 파악했어."

유준은 사선을 넘나든 암상이었다.

그에게 있어 이런 더러운 싸움은 오히려 천성이었다.

"이미 놈들의 명부는 완성했고 지금은 일망타진을 위해 기다리고 있지. 하지만 그간은 지켜볼 수밖에 없었어."

"왜?"

백훈의 반문에 유준이 손가락 세 개를 펴 보였다.

"엽보장 내에서 삼 할이 밀림회야. 그중 부당주만 다섯 명이고. 외부의 세력이 지원 나오지 않고서는 한 번에 소탕하기 힘들어."

악운이 의아한 표정으로 물었다.

"가주님께 요청하지 그랬습니까?"

"가문은 대외적인 일들을 처리하느라 바쁜 것으로 압니다. 가뜩이나 인력이 부족한 것을 알기에 다른 외부 지원을 기다렸습니다."

말을 마친 유준이 의미심장한 눈으로 악운을 바라봤다.

"그리고 이제야 도착했지요."

악운이 대답 대신 입가에 미소를 띠웠다.

"무엇부터 시작하면 되겠습니까?"

순간 유준의 눈빛이 살얼음처럼 차가워졌다.

"제가 드린 명부의 있는 인물들의 암살을 원합니다. 전쟁은 수장의 목부터 베는 것이 최고의 기선 제압이지요."

듣고만 있던 호사량이 물었다.

"수장들은 그렇다 치더라도 삼 할의 세력은 어찌 정리할 것이오? 엽보당 내에 은밀히 숨어들어 있을 텐데. 그들을 단번에 정리할 방법이 필요하오."

"놈들을 결집하게 만들 것이오."

백훈이 끼어들며 물었다.

"무슨 수로?"

유준이 씨익 웃었다.

"의심하게 할 거다. 맹렬하게 말이야."

❦

성신당 당주 야율초재는 맡은 순찰 임무가 끝나고 늦은 저녁을 먹기 위해 자주 찾는 종성객잔으로 향했다.

객잔 안에 들어서자 이 층 쪽에서 유독 왁자지껄한 음성들이 들려왔다.

"그래서 그놈이 뭐라고 했습니까?"

"뭘 뭐래? 무사님, 살려 주십시오, 하면서 납작 엎드려서 빌어 댔지. 그러게 왜 새로 구입한 신이 더러워지게 마차를 개같이 몰아 대냐고."

야율초재는 자연히 이 층 쪽을 쳐다봤다.

그의 눈에 시끄럽게 떠들어 대는 이들의 면면이 들어왔다.

'막소근.'

그는 최근 성신당 내에서 야율초재에게 늘 반기를 드는 작자였다.

때마침 술을 마시던 막소근이 눈을 돌려 아래층에 있던 야율초재와 눈이 마주쳤다.

그러나 그는 상관을 보고도 짤막한 묵례도 없이 다시 술자리로 눈을 돌렸다.

"감히 저자가……!"

야율초재의 곁에 있던 또 다른 부당주, 무열이 분개했다.

"되었다, 하루 일도 아니거늘. 굳이 시끄럽게 굴지 말고 식사나 하고 가자."

"하지만 당주님……!"

야율초재의 눈빛이 엄중해졌다.

"그만. 아직 때가 아니다."

"알겠습니다."

어쩔 수 없이 고개를 숙인 무열은 야율초재의 뜻대로 그들을 무시하고 객잔 일 층에 자리를 잡았다.

얼마 후 음식이 나오고 야율초재 일행이 음식을 몇 점 집어 든 그때였다.

막소근이 휘하 무사들을 이끌고 건들거리며 일 층으로 내려왔다.

"오셨소이까, 당주?"

상관인 야율초재 앞임에도 막소근은 일말의 존중도 표하지 않고 거드름을 피웠다.

하지만 야율초재는 딱히 신경 쓰지 않는다는 듯 고개를 끄덕였다.

"갈 길 가게. 인사는 그만하면 됐으니."

막소근은 야율초재의 말은 가뿐히 무시하고 그의 앞에 의자를 가져와서는 마주 앉았다.

"이게 지금 뭐 하는 짓인가! 그냥 가라 하지 않았나!"

무열의 호통에 막소근이 조소했다.

"한 식구 아닌가? 뭘 그리 성을 내? 안 그렇습니까?"

결국 야율초재가 젓가락을 조용히 내려놨다.

"서로 불편한 심기를 드러내며 함께 식사 자리를 하자는 것은 아닐 테고. 이리 마주 앉은 이유가 뭐지?"

그간 막소근을 비롯한 일부 부당주는 유준의 신임을 받아 당주의 자리에 오른 야율초재를 눈엣가시로 여겼다.

야율초재도 그들의 시기를 알았지만 흠잡지 않았다.

역량으로 입증하면 된다고 믿었다.

그러나 야율초재가 스스로의 능력을 여러 차례 입증했음에도 불구하고 그들의 태도는 변함이 없었다.

도리어 점점 더 오만불손해졌다.

"산동상회에서 제법 큰 건이 들어온다면서요? 금자 가득 실은?"

"글쎄. 나는 모르겠군. 금고처의 일은 와호당의 일이지 않나? 함구해야 하는 정보를 외부에 발설하는 것 역시 엽보원 내의 율법을 어기는 것이고."

"하, 이 형님, 우리가 이런 수송을 한두 건 합니까? 살살
합시다, 살살. 왜 이리 까칠해?"

"하고 싶은 얘기가 뭔가?"

"와호당의 벽 부당주가 지원이 좀 필요하답니다. 그래서
이번 건만 지원 차 우리 애들 좀 움직이겠습니다."

"난 지원 요청은 하명받은 적 없네. 대답은 충분한 것 같
군."

"하아, 우리가 지원 좀 나간다고 무슨 큰일이라도 납니까?
같은 식구끼리 서로 좀 돕자는 건데……."

"보수를 받은 만큼만 일하게. 보수 이상의 오지랖은 부리
지 말고."

물러섬 없는 야율초재의 태도에 웃고 있던 막소근의 표정
이 점점 굳어져 갔다.

"애들은 잘 지냅니까, 당주? 따님이 벌써 시집 갈 때가 다
됐던데. 다 컸지?"

그를 따르는 측근 무사들이 농담이랍시고 호탕하게 웃어
댔다.

"으하하. 저한테 보내십쇼!"

"열여덟이면 다 컸지!"

결국 무열이 벌떡 일어나며 검을 뽑았다.

"이노오옴!"

그 말이 끝나기 무섭게 객잔 안의 무사들이 일제히 검을 뽑아 들었다.

스릉, 스릉-!

당장 큰 싸움이라도 벌어질 것 같은 흉흉한 분위기.

막소근이 입맛을 다시며 말했다.

"식구끼리 싸우면 씁니까? 좋게 갑시다, 좋게."

야율초재의 눈빛이 조용히 가라앉았다.

"안 되는 건 안 돼. 나는 금고처의 일은 하명받지 않았고, 자네가 부당주라 해도 내 휘하이니 하명받지도 않은 금고처의 지원은 불가하네. 알겠나?"

막소근이 귀를 후비며 인상을 구겼다.

"하아, 같이 보수 받는 주제에……."

"그래. 그러니 보수를 받은 만큼만 일해라. 쓸데없이 일 크게 만들지 말고."

"후회할 날이 있을 거요, 야율 당주."

협박이나 다름없는 막소근의 발언이었지만 야율초재는 침묵으로 일관했다.

"이제 그만 가지. 식사가 아직 안 끝나서 말이야. 자네 하나 때문에 보람 있게 일한 다른 동료들까지 불편하게 밥을 먹어서야 되겠나?"

막소근은 으름장을 놓으며 차고 있던 검집을 툭툭 손끝으로 쳤다.

"누가 불편하게 한단 말이요?"

나지막한 반문이 이어진 그 찰나.

"네놈이지."

야율초재의 주변이 아니라 객잔의 입구 쪽에서 차가운 음성이 들려왔다.

그건 다름 아닌 악운의 곁을 지키고 있는 백훈의 음성이었다.

타타타탁!

동시에 악가상천대가 예리한 기운을 뿜어내며 삽시간에 입구 주변을 포위하였다.

그 한가운데에서…….

유예린이 장내의 가솔 모두에게 호통쳤다.

"소가주께서 오셨으니 가솔들은 예의를 다하라!"

갑작스러운 악가상천대의 등장에도 야율초재는 당황하지 않고 부복했지만, 막소근은 어정쩡한 자세로 눈치를 봤다.

백훈이 성큼성큼 다가와 막소근에게 물었다.

"넌 인사 안 하냐?"

그제야 막소근이 정신을 차리고 고개를 숙였다.

"소가주를…… 뵙습니다."

그러고는 떨떠름한 표정으로 부복하는 막소근.

그의 앞으로 악운이 성큼성큼 걸어왔다.

"그대가 성신당의 부당주 중 한 명인 막 부당주가 맞소?"

"예, 소신 막소근이라 합니다."

"제대로 찾아왔군."

"그게 무슨 말씀이신……."

막소근의 말이 끝나기도 전에, 백훈이 부복하고 있는 그의 어깨를 걷어찼다.

퍽!

"커헉!"

내공 실린 발끝에 당한 막소근이 강한 충격을 받으며 바닥을 나뒹굴었다.

"쿠헥! 이, 이게 무슨 짓이오!"

갑작스러운 기습에 내상을 입은 듯 각혈을 토해 낸 막소근은 황급히 피를 닦아 냈다.

하지만 어느새 그의 눈앞으로 다가온 백훈은, 그에게 일어설 틈도 주지 않고 뺨을 내리쳤다.

"커헙!"

최절정에 이른 백훈의 손바닥이 막소근의 뺨에 닿을 때마다 막소근은 정신이 아찔해졌다.

쫘악! 쫘악!

눈, 코, 입 할 것 없이 핏물이 터져 나오고 입안에서는 이까지 튀어나왔다.

반항할 틈도 없이 쏟아지는 따귀 세례에 막소근은 덜덜 떨며 뭉개진 발음으로 발악했다.

"살려…… 살려 주십시오! 소가주! 대체 제게 왜 이러시는 것입니까! 가문의 협의는 다 어디 있습니까! 아무 죄도 없는 가솔에게 어찌 이런 치욕을…….'

그 순간 백훈이 손을 멈췄다.

악운이 그의 어깨에 손을 얹어 잠시 멈추게 한 것이다.

"협의? 협의라고?"

"그, 그렇습니다!"

"가문의 것을 착복한 자가 감히 협의를 논하는가!"

기다렸다는 듯 호사량이 들고 있던 장부 일부를 바닥에 던졌다.

촤르륵!

그건 유준이 그간 모아 온, 밀림회의 비리가 담긴 장부 중 극히 일부였다.

황급히 장부를 살핀 막소근이 사시나무처럼 떨기 시작했다.

"이, 이건……!"

당혹스러워하는 막소근에게 악운이 눈을 맞추며 다시 물었다.

"말해 봐. 가문의 자비가 지금의 네게 통용이 되는지."

"소, 소가주……! 아닙니다! 이건 다 거짓…… 거짓입니다!"

악운은 대답 대신 성신당의 당주, 야율초재를 쳐다봤다.

"야율 당주는 들으라!"

"소가주의 명을 받듭니다."

"지금 즉시 가문의 재산을 개인의 영달을 위해 착복한 막소근과 그 무리를 일제히 포박하라! 반항하는 자는…….

악운이 떨고 있는 막소근을 차갑게 내려다본 후 단호히 덧붙였다.

"자비를 베풀지 말고 즉시 참하라!"

야율초재와 휘하 무사들이 뜨거워진 눈으로 소리쳤다.

"존명(尊命)!"

잡음은 있었지만, 객잔 안에 있던 막소근의 무리는 일제히 포박되어 무릎 꿇었다.

그들은 상황의 심각성을 인지한 듯 살려 달라며 애원했다.

그러나 악운은 단호했다.

"야율 당주."

"예, 소가주."

"개인의 영달을 위해 엽보원의 것을 착복한 이들에 대한 만익전장 내의 규율은 어찌 되오?"

"애석하게도 무인일 경우 단전을 폐하고 쫓아냅니다."

"그대로 행하시오."

"예."

야율초재의 눈빛이 날카로워졌다.

그렇게 한가롭던 객잔 안에서 벌어진 소가주의 행보는 순식간에 제녕뿐 아니라 엽보원에 일파만파 퍼져 갔다.

밀림회의 회주인 우자명 부당주가 눈살을 찌푸렸다.

'어디서부터 새어 나간 것이지?'

몇 시진 전.

밀림회에 속한 벽 부당주와 막 부당주가 개처럼 끌려갔다. 그들을 따르던 자들도 줄줄이 끌려가 벌을 받는 중이었다.

기다렸다는 듯 만익전장의 장원 내에서는 유준이 소가주의 명(命)을 전했다.

—두 부당주가 밀림회라는 집단을 통해 개인의 영달을 꾀한 것이 내부 밀고를 통해 밝혀졌다. 소가주께서는 전장의 대의를 방해한 자들을 일벌백계하겠다고 말씀하셨다.

동시에 우 당주는 좌불안석이 됐다.

내부 밀고를 통해 밀림회의 구성원이 밝혀졌다면 자신에게까지 소가주의 칼날이 도달하는 건 시간문제였다.

'대체 어느 놈이냔 말이다.'

우 부당주의 머릿속에 아직 끌려가지 않은 두 명의 부당주
가 스쳐 지나갔다.

자신을 포함한 보총당(報總黨)의 부당주인 장 부당주, 홍 부
당주.

'두 놈 중 하나인가.'

생각이 꼬리에 꼬리를 물고 이어지던 찰나.

"아니지. 아니야."

뭔가 이상했다.

생각해 보면 밀고를 했다면 이미 소가주의 무사들이 자신
을 붙잡아 가고 남았어야 할 시간이다.

그러나 잡혀간 자들을 보면 주로 벽 부당주와 막 부당주의
휘하들밖에 없었다.

그 말인즉.

'밀고한 놈의 정보에 우리의 명부까지 포함되어 있지는 않
았다는 뜻일 게야. 그러니 소가주 놈 역시 엄포만 놓고 제대
로 움직이지 못하고 있는 것이지.'

우 당주의 입가에 희미한 미소가 걸리기 시작했다.

이윽고, 우 당주가 심복을 불렀다.

"웅비."

"예."

"장 부당주와 홍 부당주에게 내가 적어 줄 밀서를 보내거

라. 아무래도 이제 이곳을……."

자리에서 일어난 우 당주의 눈에 예리한 빛이 감돌았다.

"떠나야겠다."

물론 갈 때 가더라도 그냥 갈 수야 있겠나.

어둠이 내려앉은 시각.

장원 내부를 순찰하는 듯한 무리가 방향을 돌려 장원 북문을 통해 빠져나갔다.

장원 북문은 정문인 남문과 달리 인적이 드물었다.

타타탁-!

빠르게 신형을 날린 그들은 제녕 도심으로 이동했다.

얼마 후 저자에 도착한 무사들은 문을 닫은 점포들 중에 한 점포의 문을 툭툭 두드렸다.

세 번 문고리를 두드린 후에야 안쪽에서 나직한 목소리가 들렸다.

"걷는 쥐보다……."

"……나는 새가 낫다."

암구호를 주고받자마자 점포의 문이 열렸다.

끼익-.

곧바로 보이는 계단을 통해 아래로 내려가니 두 번째 철문이 열렸다.

구구궁-!

안에는 놀랍게도 수백 명의 무사들이 밝혀진 등불 아래 무장하고 있었다.

그 한가운데.

보총당의 우 당주가 매의 눈으로 숫자를 확인하고 있었다.

"좋아. 모두 모인 것 같군. 시작하지."

장 부당주와 홍 부당주가 기다렸다는 듯 외쳤다.

"회주께서 말씀하신다! 침묵하라!"

잠시 웅성거렸던 수백 명의 무사들이 쥐죽은 듯 조용해졌다.

그제야 우 당주가 좌중을 둘러보며 입을 열었다.

"여긴 모인 우리들은 스물네 개의 암호로 이뤄진 밀서(密書)를 받은 구성원들일 것이다. 그 말인즉, 너희들은 밀림회의 구성원으로서 그간 많은 특권을 누려 왔다는 뜻도 된다. 또한 너희 가족들과 지인들 역시 그 성공을 기뻐했을 것이다. 맞는가?"

모여 있는 무사들이 일제히 대답했다.

"예!"

"좋다. 그렇다면 너희들도 이미 만익전장 내에 돌아가는 사정을 알고 있을 것이다. 갑자기 나타난 소가주란 작자가 우리의 터전을 손아귀에 틀어쥐고 뒤흔들어 놓고 있지."

무사들 중 일부가 이를 갈았다.

우 당주는 노기 섞인 그들의 면면을 살피며 말을 이었다.

"그뿐인가? 얼마 전까지 같이 웃고 떠들던 우리의 동료들이 단전이 폐한 채 폐인이 되었음을 모두 알고 있을 게야. 우리라고 다를 것 같은가?"

아무도 대답하지 못했다.

이번 건만 봐도 악운의 결정에는 조금의 머뭇거림도 없었기 때문이다.

더 단호해지면 단호해졌지, 이보다 덜하지는 않을 터였다.

"우린 죄가 없다. 애초에 만익전장의 일부는 우리의 공이었고, 운하 사업을 무리하게 늘리려는 멍청한 총경리와 산동악가의 뜻을 따르고 싶지 않았을 뿐이다. 그렇지 않은가? 하물며 여긴 우리 낭인과 엽보장의 땅이 아니었나!"

한 무사가 소리쳤다.

"맞습니다! 우린 우리의 영역을 지키면 될 일이었습니다. 어째서 우리가 저들의 배를 불리기 위해 수적들과 피를 흘리면서까지 싸워야 합니까?"

"옳소!"

과열되는 분위기 속에 우 당주가 고개를 끄덕였다.

"하여 나는 형제들과 함께 큰일을 도모해 보려고 한다. 세 시진 후에 제녕으로 수송 마차들이 들어올 것이다. 와호당의 당주가 직접 움직일 만큼 막대한 원보가 들어 있을 것이니라."

우 당주의 눈이 탐욕으로 번들거렸다.

"이것을 탈취하자. 이미 흑주당(黑主黨)은 우릴 돕기로 했으며, 원보를 수송할 마차는 우리와 손잡은 천룡채에서 지원하기로 했다. 또한 이곳에 모인 형제가 수백이나 있다. 무엇이 두려운가! 목 내놓고 기다리고 있어 봐야 우린 소가주의 먹 잇감이나 될 뿐이다!"

"싸우겠습니다!"

"더러운 협잡꾼들에게 언제까지고 놀아나겠나!"

하지만 모인 그들의 말들에 그동안 그들이 이익을 취하기 위해 해 왔던 여러 악행에 대한 반성은 조금도 없었다.

파락호 집단인 흑주당을 움직여 점포 주인들에게 이익금을 갈취한 것부터 항구 개발을 방해하기 위해 사상자가 나온 화재를 낸 것까지……

그저 그들은 특권을 손에서 놓지 않기 위해 악운이란 적을 향해 분노하는 쪽을 택한 것이다.

"무장하라. 당장 진격할 것이다."

우 당주는 분노하는 수하들을 보며 내심 득의한 웃음을 지었다.

이제 이들의 희생으로 말미암아 산동악가의 큰돈을 빼앗으리라.

"여깁니까?"

달밤 아래.

악운은 곁에 선 유준에게 물었다.

놀랍게도 그들이 마주하고 있는 건물은 밀림회가 숨어든 점포였다.

유준이 고개를 끄덕였다.

"예, 소가주."

오랜만에 모습을 비친 신 각주가 혀를 쯧쯧 찼다.

"어리석은 자들 같으니라고."

신 각주의 말대로 이미 점포 주변은 악가상천대를 필두로 한 성신당, 와호당, 보총당의 무사들이 주변에 천라지망을 두고 있었다.

곁에 선 유예린이 물었다.

"지금 습격하는 게 낫지 않을까요?"

호사량이 고개를 끄덕였다.

"소가주, 내 생각도 같소. 저들은 우리 생각대로 금고처로 향하는 산동상회의 수송대를 노릴 것이 분명하오. 애석하게 도 더 이상의 자비는…… 선택지에 두지 않는 게 최선이오."

백훈의 눈빛이 서늘해졌다.

"내 생각도 같아. 아프더라도 환부는 도려내야 해. 저놈들

때문에 피해 입은 민초가 한둘이 아냐."

백훈의 이야기는 여기 모인 모두가 통감하는 바였다.

그간 유준의 조사에 따르면 은밀히 행해진 밀림회의 악행은 대자사와 다름없었다.

장사를 하는 점포들에게 행패를 부리는 흑주당을 눈감아주는 건 일상다반사였고, 민초들의 곡식까지 빼앗아 갔다.

한발 더 나아가 반항하는 자는 협박이나 폭행으로 입막음했다.

유준이 악운에게 고개를 숙였다.

사실 누구보다 뼈아프게 책임을 통감하는 건 유준이었다.

"솔직히 소가주께도 송구스럽습니다. 이유야 어쨌든 총경리의 책임을 제대로 행하지 못하였으니…….."

신 각주 역시 조금의 망설임 없이 고개를 숙였다.

"나 역시 송구하오."

악운은 고개를 저었다.

"두 분의 탓이 아닙니다. 만익전장은 설립된 지 얼마 되지 않았습니다. 낭인과 엽보장 등 많은 외부 인사를 영입하며 사업을 확장해 왔으니까요. 오히려 이 정도 잡음은 충분히 예상했던 일입니다. 두 분은 충분히 잘해 주셨습니다."

이어서 악운은 곁에 있는 이들에게 하명을 내렸다.

"유 대주는 천라지망을 펼친 대대를 통솔해 주시고, 악가 뇌혼대와 부각주는 제 뒤를 따르십시오."

호길이 조심스럽게 물었다.

"소가주님 저는……."

"얼마 전에 백 대주와 논의를 마쳤습니다. 호 소협은 이제 악가뇌혼대예요. 호 소협도 같이 안으로 이동합니다."

"나도 돕죠."

현비가 의외로 악운을 따라나섰다.

만익전장 내부 일이기는 했지만, 현비는 특별히 악운의 허락으로 동행했던 것이다.

"괜찮으시겠습니까? 피를 좀 보게 될 겁니다."

현비가 어깨를 으쓱였다.

"끼워 준다면야……. 배운 게 도둑질이라고, 불의는 못 참는 편이라서요."

"좋습니다."

악운의 허락이 떨어지자마자 유준이 나섰다.

"소가주께서 굳이 나서지 않으셔도 됩니다. 피는 저희가 직접 보는 것이……."

"만익전장은 총경리의 꿈만 있는 게 아닙니다. 저 역시 만익전장을 가문이 바로 설 수 있는 중추로 성장하길 고대하고 있습니다. 비겁하게 뒷짐만 서고 있진 않을 겁니다. 필요한 순간에 직접 나서겠다는 뜻입니다."

"그리 말씀하신다면…… 알겠습니다."

유준은 악운의 의도를 확실히 깨달았다.

악운은 이번 일을 발판 삼아 만익전장에 속한 모두에 알릴 참인 게 분명했다.

가문은 그 어떤 순간에도 책임을 회피하지 않을 것이라고

그리고 최소한의 자비는 율법(律法)을 어긴 자에게 통용되는 것이 아니라고.

"인원은 지금 호명한 이들로도 충분합니다. 한정된 공간에서의 전투는 소수의 고수로 꾸리는 것이 피해를 최소화하는 데에도 효율적일 겁니다."

호사량을 비롯한 각 부처의 수장들이 고개를 끄덕였다.

"동의합니다."

그때였다.

저만치 떨어져 있던 성신당의 당주, 야율초재가 악운 앞에 부복했다.

"소가주!"

"말씀하십시오."

"책임자로서 내부의 혼란을 막지 못한 점을 깊이 통감하고 있습니다. 그러니 저를 포함한 와호당과 보총당 당주의 전투 참여를 허락해 주십시오."

"알겠습니다. 그리하시지요."

"감사드립니다."

"가지요."

악운은 더 이상 지체 하지 않고, 점포를 향해 발길을 옮겼

다.

스릉─!

선두에 선 그의 뒤를 따라 아홉 명의 고수가 일제히 병장기를 뽑았다.

"문을 열어라!"

우 당주의 외침에 따라 밀림회의 무사들 중 한 명이 위층으로 향하는 철문을 열어젖힌 그때였다.

구구궁!

서서히 열리는 문 사이로 계단 위에 서 있는 면면이 어둠속에서 드러나기 시작했다.

그중 한 사람을 알아본 무사의 눈이 파르르 떨렸다.

"소…… 소가주."

악운은 벌어진 문틈을 손으로 콱 잡아 강하게 밀어젖히며 말했다.

"벽에 붙은 등불부터 꺼트리세요."

뒤에 있던 금벽산이 기다렸다는 듯 활시위를 당겼다.

"하명 받들겠소."

순식간에 여러 발의 화살들이 벽에 걸려 있는 화등(火燈)을 향해 날아갔다.

슈슈슈슈슉!

바람 꺼지는 소리가 들리며 밀실 안을 한 낮처럼 밝히던 여러 개의 화등이 삽시간에 꺼졌다.

아직 상황 파악이 안 된 무사들이 소리쳤다.

"뭐야!"

"누구냐!"

"불이 왜 꺼졌지?"

일파만파 퍼지는 혼란 속에서 악운이 덜덜 떨고 있는 무사의 목덜미를 낚아챘다.

"말해, 누가 왔는지."

"소…… 소가주가…….."

"어서."

"죽어!"

그 순간 무사가 이를 악물더니 허리께에 차고 있던 검을 뽑았다.

하지만.

콱!

검이 뽑혀 나오기도 전에 악운의 손이 무사의 손등을 내리찍었다.

"크아악!"

손등이 뼈째로 짓이겨진 무사가 비명을 지르면서 비틀거렸다.

그것을 본 다른 무사들이 눈을 부릅뜬 채 소리쳤다.

"소가주가 나타났다!"

"산동악가의 기습이다!"

살의와 적의로 물든 장내를 마주한 악운은 지체 없이 걸음을 내디뎠다.

그래, 너희의 소가주가 왔다.

화륵!

악운의 손바닥에서 삼매진화가 일었다.

밀실의 어둠 속에서 악운의 얼굴만이 타오르는 불길 앞에 드리워졌다.

밀림회 전원이 긴장된 기색을 보이며 눈치를 봤다.

장 부당주가 당혹스러운 눈으로 말했다.

"회주, 어찌 소가주가……?"

"나도 보고 있네!"

애써 담담하게 대답하긴 했지만 당혹스러운 건 밀림회의 회주인 우자명도 마찬가지였다.

이건 계획에 없는 일이었다.

아니, 있어서는 안 되는 일이었다.

우자명은 막 부당주가 끌려갔을 때부터 지금까지의 일들

이 주마등처럼 스쳐 지나갔다.

그러다 문득 간과했던 사실이 생각났다.

'나는 소가주가 움직이지 않은 건 밀고한 자가 전달한 정보가 한정적이었거나, 아직 나머지 구성원이 밝혀지지 않았기 때문이라고 판단하여 먼저 움직였다. 하지만 그 반대라면?'

불안했던 위화감이 실체화될수록 우자명의 몸이 조금씩 떨리기 시작했다.

'우리가 먼저 움직이기를 기다린 것이라면? 금고처로 향하는 산동상회의 수송 마차가 그 미끼였다면? 그렇다면 모든 조각이 들어맞는다.'

엽보원 내에 뿌리 깊게 자리한 밀림회를 결집시켜 발본색원(拔本塞源)하기 위한 계획이었던 것이 틀림없었다.

가문의 비수를 꽂기 위한 계책이 오히려 소가주에게 놀아나는 계획이나 다름없었다라……

"으하하, 으하하하!"

우자명은 오히려 헛웃음이 터져 나왔다.

그 웃음이 정적을 깨는 신호탄이 된 듯, 입구를 가로막고 서 있던 백훈이 일갈했다.

"쓸어버려!"

한가운데 서 있는 악운의 양옆으로 현비와 가솔들이 땅을 박찼다.

좌라라락!

제일 먼저 선봉에 선 백훈의 유엽비도가 쇠사슬에 매달려 용처럼 춤을 췄다.

다대다 전투에 협소한 공간.

전부 다 추혼무이룡을 펼치기에는 최적의 싸움터였다.

쇠사슬이 다섯 명의 발목을 속박하면, 끝에 달린 유엽비도가 그들의 목을 베고 지나갔다.

좌학!

적들이 쓰러지며 여럿이 진입할 수 있게 되자, 백훈을 뒤따르던 호사량과 현비가 그 틈을 놓치지 않고 동시에 난입했다.

최근 일취월장한 호사량의 검은 밀림회 무사들의 검력(劍力)을 손쉽게 역이용했다.

강한 인력을 일으켜 검역(劍域)에 휘말리게 한 뒤, 균형을 잃은 적들의 목을 바람처럼 베고 지나갔다.

후두둑!

문사복과 검이 바람에 펄럭일 때마다 적들의 목에서 핏줄기가 뿜어졌다.

현비는 대조되게 과격했다.

'화융직렬검(火螎直烈劍)'

그녀의 검첨에서부터 피어오른 검형(劍形)은 불길처럼 상대를 압도했다.

불길이 사물을 한순간에 휘감아 버리듯.

그녀의 칼끝에 닿은 적들의 손은, 반항할 틈도 없이 검을 쥔 채로 잘려 나갔다.

"크아아악!"

"커헉!"

활활 타오르는 용암같이 패도적인 검역에, 달려들던 적들이 좌우로 쓰러지며 대형이 갈라졌다.

그러나.

동귀어진을 택한 자들도 여럿 있었다.

"죽어!"

무사 한 명이 동료의 시신을 방패 삼아 현비에게 달려들었다.

쐐액!

때마침 기묘한 각도로 꺾이며 날아온 화살이 무사의 목을 꿰뚫고 뻗어 나갔다.

현비는 시선을 돌리지 않았다.

보나마나 금벽산일 테니까.

동시에 금벽산의 목소리가 들려왔다.

"계속 나아가시오."

"말 안 해도 그럴 참이었거든요!"

그녀의 대답이 끝나기 무섭게 이번에는 낭아봉(狼牙棒)이 날아왔다.

서태량이 방패를 휘둘러 대신 낭아봉을 막아 낸 후, 시호 도를 벼락처럼 휘둘렀다.

쐐액!

"커헉!"

눈 깜짝할 새 거한을 쓰러트린 서태량이 현비에게 미소 지었다.

"잔챙이는 내게 맡기시오, 현 소저."

호방한 이목구비를 지닌 서태량의 미소에 현비는 잠깐이지만 볼이 붉어졌다.

어두운 게 다행이었다.

"고마워요."

그녀는 짧은 인사를 건네고는, 넘치는 활력을 앞쪽의 적들에게 쏟아부었다.

콰지짓!

야율초재를 포함한 세 명의 부당주는 싸우면서도 혀를 내둘렀다.

특히 야율초재는 악운과 선봉에 선 고수들의 움직임을 보며, 그들의 실력이 소문보다 더하면 더했지 모자라지 않다는 것을 체감했다.

그때였다.

띠링!

참혹한 시신, 비명이 가득한 밀실 안에서 전혀 어울리지 않는 청아한 비파 소리가 울려 퍼졌다.

싸우던 중에 한눈팔릴 만큼 맑은 비파 음이었다.

'저 소협은 호길이라 했던가?'

악가뇌혼대에 합류했다는 앳돼 보이는 청년이다.

그 생각이 짧게 이어지던 찰나, 비파 음과 호길의 목소리가 어우러진 음공(音功)이 시작됐다.

"한 줄기 미풍이 창가에 머물렀을 때 창이 열리고, 그대가 보이네."

그 음공이 난전 속을 꿰뚫고 들리자마자 전장의 흐름이 달라졌다.

'놈들이 흔들린다.'

야율초재는 적들의 병장기를 튕겨 내며, 거기에 실린 힘이 줄어들었다는 것을 느꼈다.

그 변화는 그의 주변으로 퍼져 갔다.

"하아압!"

함께 하는 부당주들이 뿜어내는 기세가 더욱 강렬해진 반면.

"커헙!"

야율초재에게 덤벼들었던 적은 피를 뿜으며 비틀거렸다.

쐐액!

그의 검이 틈을 놓치지 않고 비틀거리는 적의 목을 베어 나갔다.

'음공의 효과다!'

이 정도 효과를 주려면 음공을 펼치는 이의 내공은 탄탄하게 뒷받침되어야 할 터.

'과연……'

야율초재는 새삼 악운이 내딛는 걸음을 따라 적들을 베어 나가고 있는 가솔들의 신위에 감탄했다.

한 명, 한 명이 강호를 능히 홀로 독보(獨步)할 만큼의 강자들이다.

그래서일까?

야율초재는 아직 제대로 기세를 드러내지 않고 있는 악운은 대체 어느 정도 실력을 갖고 있을지 궁금해졌다.

그 순간.

걸음을 옮기던 악운이 야율초재의 눈에서 사라졌다.

야율초재는 너무 놀라 눈을 한 번 끔뻑여 봤다.

밀실 안의 어둠 때문에 놓친 것이 아니었다.

보고 있던 중에 사라진 것이다.

그게 아니면……

'너무 빠르거나.'

그리고 그 생각이 맞았다.

악운은 이미 적진을 지나, 밀실 맨 끝에 있던 우자명에게
도달해 있었다.

잔상을 일으키며 나타난 악운은, 태연한 모습으로 장 부당
주와 홍 부당주 사이에서 걸음을 멈춰 세웠다.

수많은 무사들이 밀실 안을 빼곡히 채우고 있었지만, 그
누구도 악운의 잔상을 잡지 못하고 맥없이 통과시킨 것이다.

설상가상.

혼란에 휩싸인 밀림회의 무사들은 감히 악운에게 덤벼들
생각도 못 했다.

"헙!"

"어, 언제……!"

장 부당주와 홍 부당주가 동시에 눈알을 굴렸다.

시간이 지날수록 짙어지는 패색에 자포자기한 우자명이
발악했다.

"뭣들 하는가!"

"빌어먹을!"

"이노옴!"

밀림회를 이끄는 주역인 세 사람이 동시에 악운에게 쇄도
했다.

그 순간.

잔잔한 호수처럼 고요하던 악운의 기세가 세 사람에게만 쏟아졌다.

구구구!

쇄도하던 세 사람이 마치 약속이라도 한 듯 제자리에 우뚝 멈춰 섰다.

이어서 기세를 받아 낸 세 사람은 검은 피를 토해 냈다.

"커헉."

"컥."

"푸헉!"

우자명은 온몸이 제 의지대로 움직이지 않는 것에 무기력 감과 두려움을 동시에 느꼈다.

덜덜.

생전 이런 기세는 느껴 본 적이 없었다.

일반적인 살의(殺意) 따위가 아니다.

살아 있는 태산이 온몸을 짓누르는 기분이 든다.

압도적인 차이의 경외감이 주는 거대한 공포였다.

우자명은 눈알을 굴려 쥐고 있는 검을 봤다.

검을 쥔 손가락 끝을 미약하게나마 까딱하는 찰나, 온몸이 잘게 잘려 나갈 것 같다는 착각이 일었다.

아무 생각도 나지 않았다.

비명도 사치였다.

쉬이이이…….

세 사람의 허리 아래가 노랗게 젖어 들기 시작했다.

악운이 엄중한 눈으로 우자명을 내려다봤다.

"고작 이건가?"

"으으으……."

"내가 흘려 낸 기운 정도는 견뎌 낼 각오를 했어야지. 그런 각오도 없이 가문의 재산을 착복하고, 운하를 제멋대로 주무르는 수적과 손을 잡았나?"

아무도 대답하지 못했다.

악운의 고요하고, 냉엄한 분노는 나직한 음성에 담겨, 반역자 세 명을 신음만 흘리게 했다.

악운은 그들의 대답 따위는 상관없었는지 계속 말을 이었다.

"대체 언제까지 이러려고 했지? 눈을 감아 주는 한 계속?"

악운의 손이 떨고 있는 장 부당주의 목을 콱 잡았다.

시간이 갈수록 장 부당주의 목에 핏대가 불거지고, 그의 눈알이 튀어나올 것같이 변했다.

"너희가 지닌 특권은 누군가를 짓밟기 위해 주어지는 게 아냐. 힘이 강하고 위치가 높으면 그만큼 책임지라고 주어지는 거다."

콰득!

잡혀 있던 장 당주의 목이 뼈 부러지는 소리를 내며 옆으로 꺾였다.

악운은 쓰레기 버리듯 장 부당주를 옆으로 날려 버린 후, 바로 옆에서 떨고 있는 홍 부당주의 목을 잡았다.

일말의 감정조차 남아 있지 않는 눈이 다시 우자명을 향했다.

"이제 특권이 높을수록 책임은 막중해야 한다는 사실을 알았을 테니 하나 묻지."

콰득!

악운이 홍 부당주의 목까지 마저 부러트리며 물었다.

"각오는 됐나?"

그 찰나.

잿빛으로 물든 우자명이 사력을 다해 입을 벙긋거렸다.

"마, 마, 말……할, 것……."

우자명이 무언가 말할 것이 있는 듯 보이자 악운은 잠시 기를 거두어 줬다.

털썩!

악운이 기를 거둠과 동시에 우 당주가 제자리에 주저앉았다.

온몸은 땀에 흠뻑 젖어 있었고 눈은 반쯤 풀려 있었다.

덜덜.

떨림을 주체하지 못하고 있는 우자명에게 악운이 말했다.

"유언이라도 말할 참인가?"

꿀꺽─!

한차례 마른침을 삼킨 우자명이 뭉개진 발음으로 힘겹게 입을 열었다.

"사, 살려 주십시오, 소가주."

"이유는?"

"살려 주신다면…… 그간 천룡채와 어떤 방식으로 연통을 주고받았는지 저, 전부 말씀드리겠나이다."

악운은 조금도 지체 없이 그의 말을 잘랐다.

"크게 관심 없으니 유언은 여기까지만 듣지."

상황이 원하는 대로 흘러가지 않자 우자명이 황급히 소리쳤다.

"그, 그뿐만이 아닙니다!"

냉담한 악운의 반응에 우자명은 사력을 다해 말을 이었다.

"여기 모인 건 밀림회와 흑주당뿐이지만, 실은 천룡채에서 저희의 계획을 돕기로 했습니다! 그들이 어디에서 상륙해 이동하고 있는지 저, 전부 말하겠습니다! 대신 살려만 주십시오, 제발!"

악운은 손발이 닳도록 빌고 있는 우자명을 보며 눈빛이 깊게 가라앉았다.

우자명의 말대로라면 금고처로 오고 있는 산동상회의 가솔들은 조만간 습격당할 게 뻔했다.

얼마쯤 흘렀을까?

점포 문이 열리고, 악운을 비롯한 총 열 명의 무사가 밖으로 걸어 나왔다.

제일 먼저 모습을 드러낸 악운의 손에는 밀림회 회주였던 우자명이 피투성이가 된 채 질질 끌려 나오고 있었다.

신 각주의 눈빛에 이채가 흘렀다.

"끝났구려."

유준이 쓰게 웃었다.

"예, 그렇군요. 그간 고초 많으셨습니다."

"고초라고 할 게 있나? 저자들을 때려잡기 위해 공을 들여온 건, 사실 내가 아니라 총경리 아니오?"

"알아주시니 감사합니다. 그래도 씁쓸하기는 합니다."

그사이 유예린이 나는 듯이 악운에게 다가갔다.

"소가주, 괜찮으신가요?"

악운이 데리고 있는 우자명을 내려다본 후 담담히 대답했다.

"보시다시피 저는 괜찮습니다."

"이자는 어찌할까요?"

"아직 숨어 붙어 있으나 단전이 부서진 상태입니다. 뇌옥에 가두고 엽보원 내의 규율로 다스리세요. 저 안의 남아 있는 투항자까지 전부 다. 물론 현 시간부로 저들은 가문의 가솔이 아닙니다."

"예, 말씀하신 뜻대로 하겠나이다."

짧게 고개 숙인 유예린이 악가상천대를 비롯한 가솔들을 통솔해 밀실 안으로 진입했다.

유예린이 떠나자 악운의 곁으로 신 각주와 유준이 함께 다가왔다.

먼저 운을 뗀 건 악운이었다.

"우자명, 저자가 이상한 소리를 하더군요."

유준의 눈이 빛났다.

"무슨 소리 말씀이십니까?"

"수적들이 따로 상륙해 금고처의 마차를 습격한다고 했습니다. 그에 따른 정보를 제공하겠다고도 했고요."

신 각주가 놀란 듯 눈을 번쩍 떴다.

"이런! 어서 알려야겠소!"

하지만 유준의 반응은 조금 달랐다.

"그러실 거 없습니다."

"어째서?"

"이미 소가주께서 안배해 놓으셨습니다. 금고처로 수송되는 마차의 이동로를 변경시켰고, 지금 수송되고 있는 마차에는……."

유준이 빙긋 미소를 지었다.

"양 대인이 계십니다."

그 순간 신.각주는 안도의 웃음을 흘렸다.

내부자

운하는 물론 강 지류를 따라 엄청난 속도로 확장 중인 천룡채는 수많은 채를 흡수하며 커졌다.

그중 수원채(水源砦)는 최근 편입한 세력으로, 본래 수원채의 우두머리였던 도홍삼 채주는 이제 천룡채의 지류장(支流將)이 되었다.

공을 세워 장사성의 눈에 드는 게 그의 목표가 된 것이다.

그런 와중에 장사성이 부리는 측근들로부터 지도와 몇 가지 정보가 쓰여 있는 연통이 왔다.

―금고처로 이동하고 있는 산동악가의 수송 마차를 탈취하여 채주께 가지고 오너라.

도흥삼은 이런 기회를 잡게 된 게 그야말로 천운(天運)이라고 판단했고, 지체 없이 데리고 있는 모든 세력을 이끌어 제녕 부근에 상륙했다.

그렇게 도흥삼이 천룡채에서 지정해 놓은 숲길에 매복한 지 하루 하고 반나절이 흘렀다.

찾아온 새벽녘의 바람이 유난히 소슬했다.

'반드시 탈취해야 한다.'

도흥삼은 매복하고 있는 수원채의 부하들과 이번 일을 위해 고용한 사파 고수 자우치를 쳐다봤다.

절정 자객인 자우치에게 도흥삼은 탈취한 수송 마차의 일 할을 약조했다.

마차에 얼마가 있는지 장사성이 어찌 알겠는가?

성공만 하면 그뿐이다.

"오는군."

자우치의 음울한 음성에 도흥삼은 조용히 고개를 끄덕였다.

울퉁불퉁한 산길을 따라 수송 마차들이 산길 모퉁이를 돌고 있었다.

'조금 더, 조금만 더 오너라.'

길을 따라 놓인 야트막한 언덕 위.

매복한 부하들이 활시위를 당기는 소리가 났다.

팽팽한 긴장감 속에 마차들이 조금씩 가까워져 오던 그때였다.

"쏴……."

쏘라는 명령을 내리려던 도홍삼의 눈에 가슴이 꿰뚫린 자우치가 보였다.

"커헙."

눈을 부릅뜬 자우치가 믿기지 않는 표정으로 도홍삼을 쳐다봤다.

믿고 있던 절정 고수 한 명이 갑자기 검에 꿰뚫린 것이다.

"이게…무슨."

도홍삼 역시 당혹스럽긴 마찬가지였다.

하지만 이건 부정할 수 없는 현실이었다.

그의 곁에 있던 부하들이 황급히 매복하고 있는 다른 동료들에게 소리쳤다.

"기, 기습이다! 기습이다!"

그사이 자우치를 암살한 인물은 천천히 쓰고 있던 방갓을 벗으며 반백의 머리카락을 드러냈다.

머리카락 사이로 비치는 형형한 눈동자에서는 맹수같이 압도적인 기세가 피어올랐다.

"네놈들이 그 잘난 수적들이로구나."

"귀하는 산동악가의 가솔이오?"

"산동악가? 그럴 리가 있나. 나는 어디에도 속하지 않는다. 누구도 내게 이래라저래라 못 한단 뜻이다. 알겠느냐?

이 모든 것은 나의 의지. 나, 양경의 뜻이다."

도홍삼은 눈을 번쩍 떴다.

'천하오절 양경이라고?'

천룡채의 정보에 의하면, 금고처로 향할 수송대는 절정 고
수 한 명에 일류, 이류의 무인들로만 이뤄져 있다고 했다.

그런데 양경이 나타났다는 건 둘 중 하나였다.

정보가 틀렸거나, 그게 아니면 우리의 움직임이 새어 나갔
거나.

사실 어느 쪽이든 도홍삼은 크게 상관이 없었다.

위기에 빠진 건 매한가지였으니까.

"내가 움직일 때까지 모두 경거망동하지 마라!"

도홍삼은 애써 차분한 척 표정을 유지하며 몰려든 부하들
에게 소리쳤다.

"호오, 제법 담대하게 대처하는구나."

흥미로워하는 양경을 향해 도홍삼의 말이 이어졌다.

"위대하신 양 대인께서 산동악가의 식객으로 머물고 계신
다는 소문은 저도 들었습니다."

"해서?"

"객관적인 전력으로만 봐도 저희는 이미 죽은 목숨이겠지
요."

"혀가 길구나."

듣기 귀찮아하는 듯한 양경의 반응에 도홍삼은 서둘러 본

론을 언급했다.

"지금 지나는 수송대가 막대한 돈을 싣고 있다는 것은 양 대인께서도 아실 것입니다. 차라리 저희를 명분 삼아 양 대인께서 수송 마차에 실린 돈을 챙기시는 것은 어떻습니까? 명분이 있다면 산동악가에서도 양 대인을 추궁하지는 못할 것입니다."

"네놈들의 기습을 막았으나 수송 마차는 못 지켰다는 명분으로?"

"예. 숫자가 너무 많았다고 하십시오. 그것에 대한 증거는 제 수하들의 목숨을 일부 내드리겠습니다. 어떠십니까? 의심되더라도 누가 감히 양 대인을 핍박하겠습니까?"

"네 부하 놈들이 순순히 목숨을 내주겠느냐?"

양경의 반문이 떨어지기 무섭게, 도홍삼이 쥐고 있던 도를 들어 곁에 있던 부하 하나의 목을 베어 버렸다.

댕강— 투투툭.

"잘 들어라! 지금부터 백 명의 사망자가 나오지 않으면 모두 죽는다. 살아남겠다고 각오한 놈만 데리고 갈 것이다!"

그의 일갈이 끝나기 무섭게 독기를 품은 수적들이 옆에 있던 동료의 심장에 병장기를 휘둘렀다.

"커헉."

"끄아악! 제길!"

직접 키운 부하들이 죽는 모습에도 도홍삼은 눈 하나 꿈쩍

하지 않고 실실거렸다.

"저놈들의 시체라면 충분히 입증이 되고도 남을 것입니다."

양경이 그 꼬락서니에 웃음을 터트렸다.

"으하하!"

도홍삼도 분위기가 제 뜻대로 흘러간다고 느꼈는지 양경을 따라 웃었다.

'살아남는 게 이기는 것이야.'

도홍삼은 최선의 임기응변이었다고 자위하며 양경의 대답을 기다렸다.

그러나 한참을 웃던 양경의 표정이 사납게 바뀌었다.

웃는 낯은 그대로였지만 눈빛은 처음 나타났을 때보다 더 강렬한 살광으로 물들어 갔다.

"네놈이…… 나 양경을 한심한 들개로 봤구나."

도홍삼이 황급히 눈을 내리 깔았다.

"어찌 그런 말씀을 하십니까? 절대 아닙니다!"

양경이 피식 웃었다.

"돈의 노예가 되어 네놈 같은 쓰레기들이랑 어울리는 것이 죽은 시신이나 파먹는 들개와 뭐가 다르더냐?"

도홍삼은 이 대답으로 말미암아 양경에게 그 어떤 제안도 통하지 않는다는 것을 깨달았다.

굳어진 도홍삼의 얼굴을 본 양경이 피식 웃었다.

"그래, 이제야 네 안의 적의를 드러내는구나."

도홍삼이 이를 갈았다.

"네놈은 들개도 못 된다. 그저 산동악가의 명에 충실히 따르는 충견일 뿐이지."

"네놈들이 노부를 뭐라 폄하하든 상관없다. 어차피 이 몸은……."

양경이 도홍삼과 무리들에게 다가갔다.

"오늘 네놈들을 죽일 것이고, 그 의지는 온전히 내 뜻이니라."

갈무리되어 있던 양경의 기운이 사방으로 폭사했다.

"오랜만에 피 맛 좀 보겠구나."

그간 평화롭게 잠들어 있던 양경의 총청검이 서늘한 빛을 발했다.

◈

툭, 툭.

서늘한 기운으로 인해 천장에 맺혀 있던 이슬 한 방울이 우자명의 얼굴로 떨어졌다.

"으으……."

동시에 솜털이 쭈뼛 서는 고통이 우자명의 온몸에 퍼져 나갔다.

뼈 한 조각, 한 조각이 잘게 바스러지는 통증이었다.

그 순간, 서늘한 음성이 들렸다.

"깨어났나? 의원이 조금 있으면 깨어날 거라 하더니, 사실이었군."

우자명은 힘겹게 눈을 끔뻑이며 철창 사이로 보이는 그림자에 집중했다.

조금 시간이 흐르자, 어둠에서 걸어 나온 사내가 뒷짐을 진 채 서 있었다.

"유, 준……."

"그래, 나일세, 유준. 그대의 총경리."

"왜 왔지? 승리를 즐기고…… 싶었나?"

"멍청하기는. 우리 중에 승리한 사람은 단 한 사람도 없네."

"지랄……하네."

피식 웃은 우자명의 눈가에서 피눈물이 흘러내렸다.

"나는 단전을 잃었고 밀림회는 대부분 죽었다. 그들의 가족도 비참한 노예 생활이나 하겠지. 그런데도 승리한 게 네놈들이 아니라고?"

"아직도 모르겠나? 나는 이 일로 능력 있는 부당주를 다섯이나 잘라 내야 했고, 그들을 따르던 엽보원 내의 무사를 삼할이나 잃었다. 그런데도 우리가 무엇으로부터 승리했다는 거지? 내겐 비통함만 남았네."

"웃기지…… 마라."

"가족을 언급하기에 하는 얘기네만, 가문…… 아니, 엽보원 내의 율법을 지키기 위해 쳐 낸 자네들과 달리, 자네 가족은 아무 죄도 없네. 해서 밀림회의 가족에게는 진실을 감추기로 했네. 자네들이 수적과 싸우다가 전사한 것으로 전했고, 그만한 보상 역시 전달될 걸세."

"……."

그 얘기가 이어졌을 때, 우자명의 눈가가 파르르 떨렸다.

유준이 이렇게까지 뒷일을 신경 써 줄 거라는 예상은 조금도 못 한 것이다.

유준이 담담히 말을 이었다.

"엽보원의 동료들은 그대 가족의 삶을 위해 모든 진실을 함구해 주기로 약조했네. 며칠 후에 치러질 처형 전에 이 사실을 전해 주기 위해 일부러 온 것이네. 부디 편히 가도록 하게. 그럼……."

최소한의 예의를 마친 유준이 자리를 떠나려던 그때였다.

"잠깐……."

천천히 몸을 일으킨 우자명이 감옥 한편에 등을 기대고 앉았다.

"가족에게 전할 말이라도 있나?"

우자명이 고개를 미미하게 저었다.

그의 말투는 한결 정중해져 있었다.

"……없소."

"그럼?"

"천룡채와 처음 어떻게 연통을 시작하게 됐는지 말하도록 하겠소. 중요한 정보가 될 거요."

유준의 눈에 이채가 흘렀다.

"이런다고 처형을 재고하진 않을 걸세."

우자명이 피식 웃었다.

"누가 그걸 모를까 봐."

"그런데 어째서?"

"총경리가 한 입으로 두말할 위인이 아닌 것 정도는 나도 알고 있소. 그러니 말하겠다는 것이오. 내 가족을 내 죄로 엮지 않은 것에 대한 보답이오."

유준은 조용히 고개를 끄덕였다.

설령 탐욕에 눈이 멀어 만익전장을 배신했다고는 해도 우자명은 인간적인 부분이 있는 자였다.

가족에 대한 미안함을 저버리진 못했을 것이다.

"처음…… 수적 놈들과 손잡게 된 것은…….."

그렇게 우자명의 정보가 유준의 손안에 들어왔다.

───※───

유준이 악운과 우자명과 나눴던 이야기를 각 부처의 수장에게 언급했다.

"······성하표국의 국주가 중간책으로 있다고 했습지요."

악운이 유준에게 물었다.

"성하표국이 어딥니까?"

"금향에 위치한 작은 표국입니다. 수송 마차가 부족할 때 가끔 추가로 삯을 받고 지원을 나오는 곳이기도 하지요. 설마 그곳이 연관되어 있을 줄은 예상 못 했습니다."

"그곳을 수색해 봐야겠군요."

"예. 우 부당주의 이야기로는, 그들의 장원을 수색하면 수적들의 은밀한 상륙 지점들을 포착할 수 있을 거랍니다. 제대로 덜미를 잡은 거 같죠."

"제가 직접 가 보겠습니다."

"그러시겠습니까?"

고개를 끄덕인 악운이 백훈을 쳐다봤다.

"백 대주."

"지금 바로 가려고?"

"오랜 시간을 끌게 되면 밀림회가 실패한 것을 눈치채고 수적들이 먼저 꼬리를 자를 거야. 그 전에 가야 해."

이어서 악운이 유예린을 불렀다.

"유 대주께서도 악가상천대와 함께 따르세요. 빠져나가는 자들이 있을 테니 주변을 포위해야 합니다."

"그리할게요."

지켜보던 호사량이 나직이 말했다.

"나는 이곳에 남아 조만간 도착하실 양 대인을 마중 나가 도록 하겠소."

"알겠습니다. 그럼, 움직이지요."

악운은 상황이 상황이니만큼 회의를 이쯤에서 정리하고 자리에서 일어났다.

그때였다.

밖에서 성신당 당주, 야율초재의 목소리가 들렸다.

"소가주, 외부에서 손님이 찾아오셨습니다."

"누굽니까?"

"정 단장이라고 합니다."

"정 단장?"

악운이 의아한 표정을 지은 것과 달리 그 이름을 들은 유준 과 호사량, 신 각주 세 사람은 이미 알고 있는 눈치를 보였다.

호사량이 나직이 말했다.

"우경전장을 좌지우지하는 인물 중 하나요. 웬만하면 직 접 대외적인 일에 나서지 않을 터인데, 직접 찾아왔다는 것 은 우리에게 뭔가 크게 얻어 낼 것이 있다는 뜻일 것 같소."

신 각주가 덧붙였다.

"혹은 우리가 그들의 허를 제대로 찔렀다는 이야기일 수도 있소."

악운이 듣기에는 두 사람의 말이 모두 타당하다는 생각이 스쳤다.

동시에 유준이 입을 열었다.

"우선 그의 사절단은 제가 상대하겠습니다. 소가주께서는 본래 계획대로 움직이시지요. 부각주도 있고 신 각주도 있으니 웬만해서는 손해 볼 만한 대화를 나누진 않을 것입니다."

"알겠습니다."

악운은 가솔들을 믿어 의심치 않기에 크게 고민 없이 완전히 자리를 떠났다.

천룡채와 우경전장, 두 세력과의 갈등이 점점 표면화되어 가고 있었다.

⚜

드륵-!

문이 열리고, 방 안에서 차를 홀짝이고 있는 노인이 호사량의 눈에 들어왔다.

무사 하나만 데리고 있는 청수한 노인이었다.

"나가 있게."

"예, 단장님."

무사가 밖으로 나간 순간 호사량의 눈에 이채가 흘렀다.

'저자인가.'

호사량에게 있어 저 노인은 현재 요주 인물 중 하나였다.

'오경회(五暻會)의 일 인, 정현.'

백홍상단의 단장이자, 오경회의 당주 중 한 사람.

배의 건조를 위한 목재는 그의 상단으로부터 비롯된다고 해도 과언이 아니었다.

해온상단을 쥐락펴락하는 것도 아마 그의 입김일 터였다.

유준이 자리에 앉으며 인사를 건넸다.

"처음 뵙겠습니다. 만익전장의 총경리 유준이라 합니다. 귀빈을 모시게 되어 영광입니다."

"호사량입니다."

두 사람의 소개를 들은 정현이 허허로운 미소를 지었다.

"나 역시 영광이오. 강호의 큰 파란을 일으키고 있는 영명한 젊은이들을 이리 만나게 되어서. 특히 총경리와 산동악가의 부각주는 꼭 만나고 싶었는데 잘되었구려. 한데……."

정현의 눈빛이 잠깐 예리해졌다.

"소가주는 어디 계시오? 내, 듣자 하니 소가주께서 제녕에 머물고 계시다 하더이다."

유준이 담담히 대답했다.

"하필 당도하시기 전에 출타를 나가셨습니다. 당도 전에 말씀을 주셨다면 소가주께서도 단장님을 기다리고 계셨을 겁니다."

"허허, 아쉽게 됐구려. 듣자 하니 만익전장 내에 일이 좀 생겼다고 하던데, 그 때문인가 보구려."

유준이 조금의 지체도 없이 대답했다.

"무슨 말씀이신지요? 전장 내에는 아무 일도 없습니다만. 하하."

옆에 있던 호사량은 유준의 대처에 내심 감탄했다.

자신이야 무표정한 얼굴이 평소 모습이니 그렇다 치지만, 웃는 낯인 유준은 만약 감정의 동요가 있었다면 표정이 조금이나마 달라졌을 것이다.

게다가 대답이 지체됐다면 정현의 질문에 어느 정도 동의한 것이나 다름없게 된다.

그리고 그건……

'우리가 우경전장과 내통한 부당주들을 척결하고, 수적의 흔적까지 추적하고 있다는 것을 드러내는 꼴이지. 정현은 아직 우리 사정을 모르니까.'

정현은 돌아가는 사정을 간접적으로 파악하기 위해 순간적으로 정곡을 찌른 것이다.

'과연 여우는 여우라 이건가.'

오랜 세월 동안 수많은 거래를 통해 축적된 경륜은 정현에게 날카로운 통찰력을 주었으리라.

하나 호사량은 방금 전 유준의 반응을 확인하고는 새삼 든든해졌다.

유준은 결코 정현 못지않다.

야망의 크기도, 경험도, 담력도 전부 다.

정현이 조금의 당혹스러움도 보이지 않고 허허롭게 웃었다.

"아, 그렇소? 내가 뜬소문을 접했던 모양이오. 어쨌든 사업이 평안한 것은 좋은 일이지. 때론 인력으로 되지 않는 일도 있지 않소? 허허."

"맞는 말씀이십니다."

"그래서 말인데, 최근 만익전장이 항구 개발을 하고 있다는 이야기를 들었소. 아울러 산동상회 역시 선박 건조를 다루는 상회와 거래들을 트러 하고 있다지. 맞소?"

"예, 그것은 뜬소문이 아닙니다. 하하."

유준은 방금 전 정현의 행동을 간접적으로 꼬집으며 자연스레 대화를 이어 갔다.

"우리 만익전장과 산동상회는 긴밀한 사업망을 유지하고 있고, 현재 사업 영역보다 더 큰 영역을 원하고 있습죠. 그런 면에서 항구 개발과 운하 개선은 반드시 넘어야 할 산입니다."

"과연 최근 높은 성세를 구가하는 데에는 다 이유가 있구려. 좋은 패기요."

"고맙습니다."

"하지만 현실이 따르지 못하니 아쉽겠구려."

"그게 무슨 말씀이신지요?"

"최근 선박 건조를 맡을 상단을 찾지 못하고 있다고 들었소."

정현은 뻔뻔했다.

우경전장에서 해온상단을 압박한 게 뻔함에도 모른 척 해온상단 얘기를 먼저 꺼낸 것이다.

하지만 유준과 호사량 둘 모두 크게 동요하지 않았다.

이정도 신경 거슬림은 별것도 아니었다.

오히려 유준은 생각을 바꿔 대놓고 그에게 제안 하나를 건 넸다.

"예. 마침 우경전장에서 선박 건조 상회들에 많은 투자를 하고 있다 들었습니다. 우리에게 그중 한 곳과 연결을 시켜 주시는 건 어떠십니까?"

"허허, 나는 상인이오. 대가 없는 거래는 하지 않소이다."

"그럼 이곳에 오신 연유가 무엇인지요? 용건이 없다면 시 간을 아끼시는 분께서 제녕까지 찾아오실 일이 없으실 것 같 습니다만."

"성정이 급하시구려."

"저도 시간을 아끼는 편입니다. 부각주도 그렇지 않소?"

"당연하오."

죽이 맞는 두 사람을 보며 정현이 조용히 웃었다.

하지만 낯만 웃는 낯일 뿐 정현의 눈은 그 어느 때보다 예 리하게 움직이고 있었다.

"좋소. 그리 채근을 하니 이곳에 온 용건을 꺼내도록 하 지. 본 전장에서는 만익전장에 제안을 하나 하려 하오. 틀어

내부자 153

진 해온상단과의 거래를 다시 이어 주고, 수십 척의 배도 빌려드리겠소."

호사량의 눈에 이채가 흘렀다.

"그것으로 단장께서 얻는 건 무엇입니까?"

그의 반문에 정현이 수염을 쓸어내리면서 대답했다.

"내가 얻는다기보다는 알다시피 우경전장이 얻는 것이라 하는 게 맞을 게요. 그리고 우리가 원하는 건 수적의 소탕이지."

갑작스러운 정현의 제안에 유준과 호사량은 잠시 입을 다물고, 아무 말도 하지 않았다.

설마 우경전장에서 먼저 수적 소탕을 함께 제의할 줄은 둘 모두 예상 못 했던 것이다.

유준이 담담히 물었다.

"그게 무슨 말씀이신지요?"

"말 그대로라오. 최근에 산동악가와 관련된 사업들에 운하에 자리 잡은 수적 소탕이 필수적인 일임을 나 역시 모르는 게 아니오. 수적들로 인해 피해 입은 이들을 위한 길이기도 하겠지. 아니오?"

유준이 고개를 끄덕였다.

"예, 그렇습니다만."

"실은 수적 소탕은 본 전장에서도 오랜 세월 생각만 했지, 쉽게 실행하지 못한 숙원 사업이기도 하다오."

호사량은 내심 코웃음을 쳤다.

갈수록 기가 막히는 일이었다.

'수적과 큰 갈등을 빚지 않고 매번 운하를 활용하는 우경전장에서 수적 소탕을 사업으로 일궈 낸다? 웃기는 소리.'

호사량이 보기에 우경전장의 의도는 다른 곳에 있는 게 분명했다.

이를 테면…….

'우리 가문의 일에 합류하여 이중 첩자 노릇이라도 하려는 것인가? 아니면 우리를 등에 업고 정말로 수적을 소탕하려는 것인가?'

둘 중 무슨 의도이든 간에 우경전장의 제안은 분명 이제까지의 상황을 뒤집는 전개였다.

정현은 주도권을 쥐었다고 느꼈는지 희미한 미소를 흘리며 말했다.

"그간 수적의 위협에 못 이겨 지불한 쓸데없는 통행비만 해도 어마어마한 액수에 해당하는 판에, 산동악가의 움직임은 우리에게도 큰 이권이 있는 사업이란 얘기요."

유준은 그의 얘기를 듣자마자 수염을 쓸어 담으며 말했다.

"흐음, 그러셨군요. 무슨 뜻으로 이곳에 오신지는 알겠습니다. 그럼 하나 여쭙죠. 방금 전에 배를 빌려주신다고 하셨는데, 만약 배가 파손됐을 때의 여파는 어느 쪽이 감당하면 좋겠습니까?"

"당연히 산동악가 아니겠소? 우린 투자한 만큼 거둬들여야 한다오."

"저희가 거절할 것은 고려하지 않으십니까?"

"우리는 산동악가가 현재 건조된 선박이 한 척도 없다는 것을 알고 있다오. 물론 그간의 금력이라면 선박 건조를 위한 준비와 항구 개발 정도는 할 수 있겠지. 하나 건조에는 그런 것만 필요한 게 아니지 않소."

"……."

"목선을 설계하고 건조할 장인이 필요하지. 아니오?"

애석하게도 정현의 말에는 틀린 것이 없었다.

현재 목선을 건조할 수 있는 대부분의 장인들은 우경전장 산하의 상단이 데리고 있었기 때문이다.

다시 말해 우경전장의 제안을 받아들이지 않으면 선박 건조를 시작해 볼 엄두도 못 낸다는 이야기이기도 했다.

애초에 정현이 노렸던 회심의 한 수였던 것이다.

"허허."

정현은 쉽게 입을 못 떼는 두 사람을 보며 천천히 자리에서 일어났다.

"아무래도 생각할 시간이 필요할 것 같구려. 나는 근방 초호객잔에서 머물고 있을 테니 결정이 끝나면 찾아와 주시오. 되도록 다음에는 소가주도 같이 봤으면 좋겠소이다."

확실히 주도권을 쥔 정현이 자리에서 일어나려던 그때였다.

이제껏 조용히 있던 유준이 나직이 입을 열었다.

"저희를 협박하시는 것입니까?"

"협박이라니? 그저 내가 가진 패를 보이고 제안을 했을 뿐이라오. 불리하다고 해서 내 합리적인 제안이 협박이라 표현해서야 되겠소?"

한 번 더 쐐기를 박은 정현은 산동악가가 제안을 받아들이지 않고서는 별다른 방법이 없을 거란 확신에 이르렀다.

그러나 의외의 대답이 유준으로부터 흘러나왔다.

"제안은 거절하겠습니다."

나가기 위해 등을 돌리고 있던 정현의 눈가가 경련이 일듯 꿈틀거렸다.

하지만 정현이 다시 두 사람을 돌아보며 허허롭게 웃었다.

"아무래도 내 설명이 부족했나 보오."

유준이 그를 따라 자리에서 일어나며 대답했다.

"설명은 충분하셨습죠. 덕분에 우경전장이 선박 건조 사업에 얼마나 많은 영향력을 행하하고 있는지 새삼 깨닫는 시간이 되었지요."

"한데도 권주를 마다하고 벌주를 들겠다는 것이오?"

차분하게 묻는 정현의 표정에는 크게 변화가 없었지만 그의 눈빛만큼 전과 달리 차갑게 식어 가고 있었다.

그럼에도 유준은 아랑곳하지 않고 고개를 끄덕였다.

"예."

"궁금하구려."

"전장 내 기밀인 사안이라 말씀드릴 수 없을 것 같습니다. 하하."

딱 잘라 말하는 유준의 태도에 정현은 사람 좋은 미소를 보이며 말했다.

"좋소. 만약 일말의 자존심 때문에 내 제안을 거절한 것일지도 모르니 고심할 시간 정도는 내드리겠소. 나흘이오. 나흘 동안만 방금 전에 언급한 객잔에서 기다리겠소."

그때, 앉아 있던 호사량이 자리에서 일어나 정현의 앞에 놓인 문을 대신 열어 줬다.

"멀리 나가지 않겠습니다."

명백한 축객령이었다.

정현이 불편한 마음으로 자리를 떠난 뒤 유준이 그제야 한숨을 후 쉬며 자리에 앉았다.

"총경리."

"말씀하시오."

"제정신이오?"

"하하."

유준이 웃음을 터트렸다.

방금 전 유준의 대답은 호사량과 전혀 사전 조율이 없었던 결정이기 때문이다.

물론 만익전장의 책임자는 유준이었기에 호사량도 군말 없이 따른 것이었지만 정현의 제안을 무턱대로 거절한 건 분명 큰 도박이었다.

"우경전장은 이제 사력을 다해 자기 장인들을 지키는 것도 모자라 모든 수소문을 다해 없는 장인까지 싹싹 영입해 댈 것이외다."

"그렇다고 제안을 받아들이기엔 걸리는 점이 많잖소?"

"그거야 그렇지만 이리 단호할 것까지는 없었단 소리요."

"혹여 소가주가 했던 이야기 기억하시오? 믿고 맡겨 달라 했던."

유준의 반문에 호사량의 눈빛이 깊게 가라앉았다.

그래 악운은 분명 그랬다.

부족한 뱃사람들을 충원하겠다고.

그 말은 뱃사람뿐 아니라, 선박을 건조할 장인도 포함한 말이었다.

하지만…….

"소가주는 뚜렷한 방안을 언급하지는 않았잖소. 잠시 시간이 필요하다고만 했다오."

"알고 있소."

"한데도 그리 단호하게 굴 필요가 있었단 말이오?"

"음, 수많은 거래를 하다보면 때론 최악을 피하기 위해 타협을 해야 하는 경우가 왕왕 있소. 그럴 때 상인에게는 두 가지 선택지가 있소. 최악을 피하고 타협을 할 것이냐, 최악을 반등의 요소로 삼고 그만큼의 위기를 겪을 것이냐."

"그럼 이번 기회가 그 후자란 말이오?"

"나는 그리 보고 있소. 애초에 독자적인 선박 건조가 불가능하다면 우린 언젠가 계속 이런 방식으로 우경전장에 끌려다닐 것이오. 그럴 바엔……."

유준의 눈이 빛났다.

"이번 위기를 우린 반드시 기회를 삼아야 하오. 그리고 소가주가 시간을 달라고 한 것 역시 그 이유가 밑바탕이 된 것이리라 보오."

호사량은 어쩔 수 없다는 듯 고개를 끄덕였다.

상황이 이렇게 된 이상 호사량이 할 수 있는 건 단 하나였다.

"소가주가 실패할 것을 대비해 우리가 할 수 있는 일을 찾아보겠소."

유준이 씨익 웃었다.

"고맙소. 그것이 내가 부각주께 바라던 일이오."

정현은 만익전장의 장원을 빠져나와 미리 언급했던 초호

객잔에 도착했다.

간단하게 식사를 마친 직후.

데려온 호위 무사가 먼저 방에 들어가서 안에 위험은 없는지 살핀 후에야 그는 방 안에 자리를 잡고 앉았다.

"앉거라."

"예. 주군."

그의 호위 무사인 철중오가 시키는 대로 자리에 마주 앉았다.

"어떻더냐."

"단기간에 성장했기에 경시하는 마음이 조금은 있었습니다만…… 장원 내에 자리 잡은 무사들의 기도가 결코 얕아 보이지는 않았습니다. 장원 내의 무사들이 이 정도 수준이라면 산동악가의 정예에 대한 소문 또한 결코 허명은 아닐 것입니다."

정현의 눈빛이 깊게 가라앉았다.

철중오는 정현 산하에 있는 무사들 중에서 가장 강한 고수였으며, 상단 내 최고의 타격대인 웅벽로(熊襞路)의 대주였다.

그런 그가 파악한 실력들이니 결코 틀리지 않으리라.

확실히 놈들의 세력은 강성해졌다.

만만히 볼 게 아니었다.

'그래, 백번 양보해서 실력을 믿고 자신만한 이유가 된다고는 이해하겠다. 하나 배의 건조는 다른 문제가 아닌가.'

선박 건조 장인을 구하지 못해 해온상단과 접촉한 게 얼마 전 일이다.

뾰족한 방도가 그새 생길 리가 없다.

"놈들이 회의 제안을 거절하더구나. 뾰족한 방도가 없을 터인데도 말이야."

"의외입니다."

"그렇지. 나 역시 그리 생각했다. 보류하여 만회할 시일을 며칠 주기는 했다만 놈들이 그리 당당히 나오는 이유를 모르 겠구나."

"알아보겠습니다."

"아니다. 그보다 급한 것이 있다."

"하명만 하십시오."

"악 소가주는 내가 들르기 직전에 출타했다고 하더구나. 아 무래도 만익전장 우 부당주의 연통이 뜸해졌다는 보고가 마음 에 걸린다. 네가 성하표국에 좀 다녀와야겠다. 알아보거라."

"명을 받듭니다."

"오냐."

이윽고 정현은 방을 빠져나가는 철중오를 뒤로하며 창가 쪽으로 걸음을 옮겼다.

내다보이는 풍경보다 더 먼 곳으로 시선을 둔 정현은 고심 섞인 눈빛으로 중얼거렸다.

"무슨 의중이더냐, 유준……."

악운이 이끈 산동악가의 가솔들이 말을 달려 금향에 도착한 시간은 다시 깊은 밤이 되었을 때였다.

두두두.

악운은 도심을 지나 성하표국으로 말을 달리며 뒤따라오는 백훈과 유예린에게 당부했다.

"이번 일은 속도전입니다. 명분은 충분하고도 넘치니, 성하표국의 무사를 전부 포박하여 장원 앞마당에 꿇려 놓으세요. 시종, 시비, 노인, 아이, 여인들은 수혈을 짚어 큰 소란이 없도록 하십시오."

백훈과 유예린이 동시에 외쳤다.

"명을 받듭니다."

"좋아, 가자!"

눈에 보이기 시작한 성하표국의 장원.

산동악가의 대대(大隊)가 빠르게 둘로 나뉘어 장원 담벼락 주변을 에워쌌다.

타다다닥!

가솔들은 누가 먼저라 할 것도 없이 일제히 말의 안장을 밟더니 장원 담벼락을 넘어갔다.

그사이 악운은 현비와 함께 장원 대문으로 말을 달렸다.

현비가 날듯이 안장에서 뛰어내려 문을 박살 내려고 한

그때.

악운이 순간 그녀 앞을 가로막으며 헛웃음을 지었다.

"기습적인 수색입니다. 대놓고 우리가 왔다고 자랑할 일 있습니까?"

"아, 그렇지, 참! 거슬리는 건 보통 부수는 게 습관이라……."

악운이 피식 웃은 후에 높게 솟은 대문 위에 올라섰다.

방금 전에 잠입한 산동악가의 가솔들이 거미줄처럼 다섯 개의 조(助)로 나뉘어 장원의 각 방을 기습하는 것이 한눈에 들어왔다.

'천룡채라…….'

오늘의 일을, 천룡채와 우경전장에게는 큰 도발로 받아들일 것이다.

※

산동악가의 정예 대대들이 은밀하고 빠르게 움직인 덕분에 작은 규모의 성하 표국은 순식간에 제압됐다.

얼마 지나지 않아 나이 많은 국주가 이를 갈며 끌려 나왔고, 그의 휘하에 있는 무사들이 줄줄이 포박되었다.

"대체 누구요?"

성하표국의 국주, 사혁은 수염을 파르르 떨며 분노했다.

스륵―!

악운이 대답 대신 쓰고 있던 방갓을 벗었다.

사혁의 눈가가 파르르 떨렸다.

"아, 악 소가주……!"

악운의 얼굴을 알아본 그는 그제야 밤중에 등장한 일단의 무리가 누구인지, 어째서 표국을 습격했는지 이해가 된 표정이었다.

"사, 산동악가의 소가주께서 여긴 어인 일로……."

"저를 아신다니 대화가 빠를 것 같습니다. 우 부당주가 이곳으로 가 보라고 하더군요. 어찌 생각하십니까?"

우 부당주를 언급하자마자 사혁이 황급히 바닥에 엎드렸다.

"사, 살려 주십시오! 저는 아는 것이 없습니다!"

"몇 가지만 여쭙지요."

꿀꺽.

말없이 마른침만 삼키는 그에게 악운이 계속 말을 이었다.

"이곳에 오기 전에 일부 사실을 확인하고 왔습니다. 밀림회의 시작은 우 부당주 혼자서 가능했던 것이 아니다, 내부의 조직망을 이용한 것은 사실이지만, 외부 협력자가 있었다, 마지막으로 그 협력자는 신생 표국인 성하표국이었다……."

악운의 눈빛이 점점 예리해져갔다.

"우 부당주는 우리에게 이렇게 얘기했습니다. 외부 지원은 성하표국을 통해 넘겨받았고, 천룡채와의 연통 역시도 성하표국을 통해 전했다고."

"우리는 아무것도 모릅니다. 그저 천룡채의 협박에 못 이긴 것뿐입니다. 살려 주십시오, 소가주!"

악운은 대답하지 않고 그와 눈을 마주쳤다.

"천룡채가 작은 신생 표국을 거점으로 두고 밀림회를 지원했다는 건 충분히 이해가 됩니다. 하지만 다른 부분은 이해가 안 됩니다. 한두 푼이 오간 것도 아니었을 텐데, 그들이 과연 신뢰할 수 없는 인물을 앉혔을까?"

긴장감 섞인 정적이 감돌기 시작했다.

"우 부당주는 성하표국이 그저 이용당하는 꼬리에 불과하다고 했지만, 저는 이곳에 오는 동안 달리 생각해 봤습니다. 천룡채 채주가 신뢰하는 인물이여야 이곳을 맡을 수 있을 거라고. 나라도…….."

악운의 눈빛이 냉엄해졌다.

"그런 자에게 맡길 테니까."

악운의 말이 끝난 찰나, 주변에 정적이 감돌았다.

이제껏 바들바들 떨고 있던 사혁의 눈가 역시 잠깐 경련이 일었다.

"더 이상 부정해 봐야 소용없겠군."

기세가 달라진 사혁은 조금의 떨림도 없이 말을 이었다.

악운이 예상했다는 듯 고개를 끄덕였다.

"역시 그랬군. 이제 제대로 통성명을 해 보는 건 어떤가 싶은데."

"오냐. 나는 사정복이라 한다. 날 볼모로 잡아 수작을 부릴 생각이라면 애당초 그 생각은 접는 편이 나을 것이다."

"어째서?"

악운의 반문에 사정복이 조소했다.

"어디 한번 해 보거라. 그래 봤자 네게 돌아오는 건 아무것도 없을 테니. 지금 내 목을 자르는 편이 나을 거다."

독심 가득한 사정복의 눈빛에 악운은 조금의 거리낌도 없이 사정복의 머리에 손을 올렸다.

"이미 칼을 뽑은 이상 나 역시 주저할 생각은 없어. 죽은 것보다 더한 고통을 네게 안겨 줄 생각이야."

"네놈 역시 다르지 않구나. 위선의 탈을 쓴 정파 놈 같으니라고……. 크흐흐."

"위선? 네가 너의 수채를 보호하기 위해 안간힘을 쓰듯, 나 역시 내 가솔을 지키기 위해 안간힘을 쓰는 거야. 그걸 위선이라고 부른다면……."

악운의 눈에 조금씩 살광이 일었다.

"그래, 기꺼이 위선자가 되어 주지. 네놈들 수백의 목숨보다 내 가솔 하나를 지키는 게 내게는 훨씬 중요하니까. 남김없이 수색하세요."

"네."

"알았어."

유예린과 백훈이 가솔들을 데리고 빠르게 장원 안을 뒤지기 시작했다.

잠시 후 장원 안을 수색하자 지하로 통하는 석실을 발견할 수 있었다.

석실에는 장원 외부로 통하는 긴 통로가 이어져 있었고, 일부 공간에는 예상했던 대로 몇 개의 비밀 상륙 지점이 그려진 지도와 그동안 이송시킨 물품이 적힌 장부가 발견되었다.

약재, 곡식 등 품목도 다양했는데, 그중 최악인 건 가장 많은 이권을 차지한 인신매매 항목이었다.

유예린이 상석에 앉아 있는 악운에게 입을 열었다.

"현재 거래 중인 암상들의 명부와 장부, 다음 거래 시기, 그리고 비밀 상륙 지점 세 곳을 확보했어요. 모두 인근이에요. 지상으로까지 세력 확장을 위해 노력하고 있는 듯 보여요."

"우경전장에서 그것을 돕는 것이겠지요."

"네, 천룡채에서 납치한 사람들을 상륙시키면, 우경전장이 암상들을 움직여서 거래를 이끄는 구조인 것 같네요."

백훈이 눈살을 찌푸렸다.

"하긴 명문 정파와도 거래를 하는 대형 전장에서 사람 장사를 하려면 몰래 움직여야지 어쩌겠어."

"덜미만 제대로 잡는다면 우경전장에게 타격을 줄 수 있을 거예요. 겉으로는 수적 소탕의 일환이기 때문에 우경전장에서 항의하지도 못할 테고요."

악운은 크게 고심하지 않았다.

우경전장이 빠르게 알기 전에 움직이는 편이 나으니까.

"두 분은 당장 다음 거래 시기에 맞춰 상륙 지점을 습격하세요. 저희가 놈들의 근거지 중 한 곳을 습격했다는 사실이 알려지기 전에요."

"네, 알겠습니다."

"그럴게."

이어서 유예린이 물었다.

"소가주께서는 함께 가지 않으시나요?"

"예. 저는 이곳에 남아 사정복을 심문하겠습니다. 그 후에 따로 가야 할 곳이 있어요."

백훈의 눈에 이채가 흘렀다.

"따로 가야 할 곳?"

악운이 조용히 고개를 끄덕였다.

"배의 건조와 운항을 도울 뱃사람들을 찾아야지."

꿍

'잘 해낼 거야.'

악운은 두 사람을 믿어 의심치 않았다.

더불어 그동안 가문의 성장을 함께해 온 악가상천대와 악가뇌혼대 역시 신뢰했다.

그들이라면 수적의 수송대 따위 단숨에 궤멸하고 돌아오리라.

남은 건 자신의 몫이다.

악운은 석실로 데리고 온 사정복의 목덜미를 옆으로 당겨 넘어트렸다.

쿠당탕!

"커헉!"

벽에 부딪친 사정복이 거친 숨을 내뱉으며 악운을 쳐다봤다.

"크흐흐, 이래 봐야…… 소용없다 하지 않았느냐."

"어차피 네가 데리고 있던 표국의 졸개들은 수적의 근거지가 어디인지 제대로 파악도 못 하고 있겠지. 뱃길까지 알려줄 만큼 중요한 인물들이 아닐 테니까."

악운은 침묵하는 사정복에게 말을 이었다.

"하지만 너는 달라. 네 잘난 채주인 장사성의 근거지로 향하는 뱃길 정도는 확실히 알고 있겠지. 그곳에 머물던 자였을 테니."

"네놈은 내 점혈을 풀지 말았어야 했다."

씩 웃은 사정복은 어금니로 입안에 있던 독단을 깨물었다.

자결용으로 준비된 것이었다.

콰득!

그 순간 어느새 다가온 악운의 손끝이 사정복의 아래턱을 감싸 쥐었다.

"그 정도도 예상 못 했을 것 같나?"

악운의 나직한 반문에 사정복의 눈이 조금씩 커지기 시작했다.

'도, 독이…… 놈의 손아귀 안으로 빨려들어 가고 있다.'

입안에 휘돌며 사정복을 중독시켰어야 할 산성 독은 그의 목젖과 입안을 휘돌지 못하고 악운의 손바닥 안쪽으로 빠르게 빨려들어 가기 시작했다.

치치칙!

국화독장.

팽와를 통해 눈 깜짝할 새 산성 독을 흡수한 악운의 눈동자가 잠시 흑요석처럼 번뜩였다.

하지만 그 과정에서 사정복의 입안도 멀쩡하지는 못했다.

독기가 지나간 자리에서 화끈한 열기가 감돌며 입안의 일부가 녹아내린 것이다.

"커어억! 끄아아악!"

사정복은 활활 타오르는 고통을 느끼며 비명을 질렀다.

악운이 냉담한 눈으로 그를 지켜보며 말했다.

"네가 원하는 편안한 죽음은 이뤄지지 않을 거야. 네가 겪어야 할 고통은 이제 시작이고. 이 모든 게 끝나려면 장사성의 위치부터 발설하는 게 나을 거다."

악운이란 새 삶을 얻은 순간부터 악운은 끊임없이 결심했다.

천휘성처럼 진짜 소중한 걸 놓치지 않겠다고.

필요한 순간에 악독해져야 하는 건 그러기 위한 최선의 선택이었다.

"그러니 내가 물어보는 순간에 제때 대답하는 게 좋을 거야. 약속했던 대로 이건 시작일 뿐이니까."

악운은 그 어느 때보다 결연했다.

꿇

얼마쯤 흘렀을까?

악운 석실 안을 홀로 빠져 나왔다.

'원하는 건 얻었다.'

사정복은 결국 악운에게 아는 모든 것을 실토하였다.

이로써 악운은 장사성이 지배하고 있는 섬의 위치를 확실히 알게 되었다.

사정복은 실토하면서도 광소했다.

-안다고 한들 네놈들이 대체 뭘 할 수 있을까? 네놈이

신화경의 고수라고는 하나 채주께서는 수왕의 진전을 이은 분이다. 네가 그분을 물에서 쫓을 수 있을까?

문득 스쳐 가는 생각에 악운은 서늘하게 미소 지었다.
"진짜 수왕의 제자는 여기 있다."
놈들만 모를 뿐.
이제 뱃사람을 찾으러 갈 시간이다.

～

―……이런 이유로 악가상천대와 악가뇌혼대는 수적의 거점지를 습격하기 위해 곧장 출발하였습니다.
저는 잠시 약조한 것을 지키기 위해 다녀올 곳이 있습니다. 오래 걸리지 않을 것입니다.

서찰을 쓴 악운은 현비에게 인편을 부탁했다.
"잘 부탁드립니다."
"서찰 하나 전달하는 건 어렵지 않죠. 그런데 대체 어디로 가기에 가솔들을 내버려 두고 홀로 떠나는 거예요?"
"급한 사안이니까요."
"적당한 곳에 인편이나 전서구를 부탁하고, 나는 악 소가주와 동행하는 건 어때요?"

"아뇨. 이건 홀로 가야 할 것 같습니다."

"물어봐도 말해 주지 않을 거죠?"

악운이 빙긋 웃었다.

"네."

"좋아요. 몸 성히 다녀와요."

"그러겠습니다. 조만간 다시 뵙지요."

"좋은 술이나 한 병 사 와요."

평소 모습다운 인사를 마친 현비가 악운보다 먼저 길을 떠났다.

잠시 사라지는 그녀의 뒷모습을 바라보던 악운 역시 길을 떠났다.

목적지는 하남성 천중산이었다.

그곳에 가서 뱃사람들을 청해 다시 제녕으로 향하리라.

제녕, 초호객잔.

홀로 방에서 머물고 있던 정현에게 손님이 하나 찾아왔다.

"예상보다 일찍 오셨구려."

정현이 찾아온 유준에게 맞은편 자리를 권했다.

"예."

"부각주는 같이 안 오셨소?"

"하하, 단장님 덕분에 일이 많이 바빠졌나 봅니다. 그래서 함께 동행하지는 못했습죠."

뼈가 있는 말이었지만 정현은 크게 개의치 않았다.

"이리 찾아오셨다는 것은 내 제안을 받아들이기 위해 왔다는 것일 텐데. 내가 제대로 본 것이 맞소?"

"그 반대입니다."

"반대라니?"

"제안을 거절하는 것을 한 번 더 공고히 하고, 단장님을 억류하고자 왔습니다."

찰나였지만 정현의 눈가가 잘게 떨렸다.

"나를 억류한다? 그게 무슨 뜻인지는 알고 하는 행동이오?"

"예. 우경전장과 손잡은 청성파와 공동파를 자극하기 때문에 어쩌면 무림 공적이 될 수도 있는 선택이라 말씀하고 싶으신 거겠지요?"

"잘 아는구려. 한데도 이따위 짓을 하겠다는 것이오?"

"우경전장에 서찰을 하나 보냈습니다, 우경전장이 수적과 밀거래는 물론, 인신매매까지 벌이고 있다는 것을 포착하였다고. 그래서 그 의혹이 밝혀지기 전까지는 정 단장님을 억류해 둘 생각이라고요."

정현의 눈초리가 매서워졌다.

성하표국으로 철중오를 보낼 때부터 정현은 묘한 위화감

에 사로잡혔다.

'역시나······.'

만익전장의 움직임은 그의 예상보다 영민하고 민첩했다.

이미 유준이 직접 찾아와 언급할 정도라면, 성하표국은 제압당한 지 오래일 테고 천룡채의 상륙 지점들까지도 드러났을 것이다.

'오만했던가.'

오랜 세월 수로를 장악하며 누리게 된 독점권으로 인해, 방심해 왔던 마음이 이런 빈틈을 드러낸 셈이다.

그사이 유준이 담담히 말을 이었다.

"단장님을 억류할 명분이 충분하다는 뜻입니다."

"억류하겠다고 한다면 당장 내가 할 수 있는 건 없겠지. 순순히 따라가리다. 하지만 이건 큰 실수가 될 것이오."

"어째서입니까?"

"툭 터놓고 얘기하지. 총경리가 이미 본 전장과 천룡채가 긴밀한 관계를 유지하고 있다는 것을 확신하고 찾아왔다면, 이것이야말로 바보 같은 행동 아니오?"

"······."

"천룡채의 채주는 결코 얕볼 인물이 아니오. 천하를 논할 고수이며 오경회 역시도 경시하지 못하는 인물이지. 그를 따르는 수적들 역시도 정예로 거듭난 지 오래요. 그들이 이권 사업을 방해하는 가문을 그대로 놔둘 거 같소?"

계속 유준이 침묵하는 가운데 정현은 한심하다는 듯 혀를 찼다.

"쯧쯧, 이리 현실 파악을 못해서야 쓰는가! 천룡채는 어느 방향이든 만익전장과 산동악가를 궤멸시키기 위해 전군을 몰고 올 테지. 그런데 우리 전장이 만약 그 보급로를 은밀하게 지원한다면 어떨 것 같소?"

"……."

"더구나 청성은 악가와 악화일로를 걷기 시작했고, 공동은 본 전장과 이권이 닿아 있으니 본 전장을 옹호해 줄 것이오. 그렇게 산동악가가 궤멸되고 나면…… 진실을 조작하는 것쯤이야 본 전장의 금력과 구파일방의 위상이면 충분할 테지."

"힘이 진실이다?"

"산동악가는 이미 겪어 봤잖소, 힘의 부재가 가문에 어떤 결과를 가져왔는지."

정현의 협박에 유준은 난데없이 웃음을 터트렸다.

"으하하, 으하하하!"

"실성이라도 한 것이오?"

"아닙니다. 실례가 많았습니다. 단장님께서 하도 허무맹랑한 말씀을 하시니 그만……."

"무엇이 허무맹랑하오?"

"단장님의 예측은 틀렸습니다. 우선 본 가는 외톨이가 아

닙니다. 본 가에는 협력 가문과 문파가 있으니 청성과 공동
은 문제가 안 됩니다. 또한 수적이 어마어마한 군세라고 하
셨고, 그 보급을 전장에서 맡을 거라 하셨는데…….."

유준의 입가에 미소가 빙긋 그려졌다.

문득 호사량이 이곳에 오기 전 했던 이야기가 스쳐 지나갔
다.

-소가주가 실패할 경우를 대비해 한 가지 조치를 취해야
하오. 우린 현 시간부로 우경전장의 모든 금력 지원이 수적
에게로 흘러들어 가지 않게 할 것이오. 그 어떤 수적도 지
상의 지원 없이는 독보가 힘들 테니까. 전력을 가해 움직여
수적의 상륙 지점을 막아야 하오.

호사량은 악운이 실패한 것을 대비해야 한다며 한 가지 일
을 진행했다.

그건 바로 정현이 언급한 것처럼 장사성에게로 향하는 모
든 보급로를 막아 버리는 것이다.

정현이 조소했다.

"천룡채의 거점이 어딘지는 알고 말하는 게요?"

그 순간 유준의 입가에 의미심장한 미소가 지어졌다.

소가주가 현비를 통해 보낸 서찰 내용에는 장사성이 머물
고 있는 섬의 위치까지 적혀 있었으니까.

거점을 알고 있으니 풍수지리에 능한 호사량이 보급로가 어디로 통할지 길을 예측하는 것쯤은 식은 죽 먹기였다.

"압니다, 아주 잘."

할 말을 잃은 정현의 입이 고집스레 다물렸다.

그제야 유준이 밖에 있던 야율초재를 불렀다.

"뭣들 하는가! 당장, 정 대인을 전장으로 안내하라!"

"후회할 것이오."

한 번 더 독하게 언급하는 정현에게 유준은 흔들림 없는 눈빛으로 쐐기를 박았다.

"아, 하나 더 말씀드리지요. 정 단장께서 보낸 호위 무사는 우리 가문에서 나온 분에 의해 이미 포박되어 본 가로 압송되었습니다."

이제껏 표정 변화 없던 정현이 눈을 부릅뜨였다.

그럴 리가 없었다.

'나를 흔들어 놓기 위해 속이는 것이다.'

정현은 태연한 신색을 애써 유지하며 말했다.

"애쓰는군. 그의 실력은 함부로 얕잡아볼 실력이……."

"옹벽로의 대주, 철중오. 별호는 상벽패검(上闢覇劍). 분명 천하를 오시할 뛰어난 고수이지요. 하지만 그 명성이 과연 천하오절의 육왕검군보다 높습니까?"

정현은 더 이상 아무 항변도 하지 못하고 야율초재의 안내에 따라 이동해야만 했다.

큰 전쟁의 서막이 시작된 것이다.

이제 남은 건…….

'소가주, 어서 돌아오시오. 모든 계획은 소가주가 돌아와
야 완성될 터이니.'

정현의 뒷모습을 바라보는 유준의 눈빛이 깊은 걱정과 고
심으로 물들었다.

천중산(天中山).

천중산 인근에는 화공(畫工) 마을이 많다.

천휘성이 기억하는 절세의 화공들 역시 이곳 출신이 대다
수였는데 놀라운 사실은 수왕인 백해용왕의 고향도 이곳이
라는 점이다.

천휘성도 처음에는 그 얘기를 듣고 깜짝 놀랐다.

평생 수적으로 살아온 노인이 본래 화공이 될 뻔했다니.

그래서일까?

장강결전이 끝난 후에 그나마 살아남게 된 백해용왕의 산
하 수적들은 수왕을 기리기 위해 천중산 인근으로 떠났다.

그리고 천휘성에게 약조했다.

백해용왕과 자신의 세력들을 도와준 천휘성을 위해, 수많
은 세대를 지나더라도 그 빚을 갚겠다고……!

악운이 천중산을 택한 이유였다.

쉼 없이 말을 달려 악운은 천중산 인근의 마을들 중 화청
마을에 진입했다.

분위기는 어둡지 않고 평화로웠다.

청년들이 지필묵이 들어 있는 것으로 보이는 봇짐을 등에
메고 다녔고, 농작지에는 농부들이 구슬땀을 내며 농사를 하
고 있었다.

그렇게 길을 따라 마을 안으로 들어서자 작은 객잔과 다
루, 도관 등이 보였다.

지나가던 작은 체구의 노인이 주변을 둘러보는 악운에게
물었다.

"외지인인 듯한데, 어디서 오셨소?"

"산동 제녕에서 왔습니다."

"아아, 무슨 일로 오신 게요?"

악운은 잠깐, 멈칫하고는 천휘성의 머릿속에 있는 한때의
기억을 떠올렸다.

－나는 화청마을로 향할 것이오. 그곳에서 내 형제들과
농경지를 일구고, 화공들과 어울려서 터를 잡을 것이오. 생

전 그림을 좋아하셨던 채주님께 기일마다 그림을 바쳐야겠
소. 언젠가…… 우리가 필요하면 채주님이 아끼셨던 화명
(畫名)을 언급하시오.

'청록산수의 특색이 담긴 청명수변(晴明水邊).'

잠시 아무 말이 없던 악운이 노인에게 무겁게 입을 열었
다.

"청명수변의 기억을 떠올리고 왔습니다."

노인이 아리송한 표정으로 고개를 갸웃거렸다.

"청명수변의 기억이라니? 이 인근에 있는 호(湖)는 숙압호
밖에 없는데. 그곳을 혹여 청명수변이라 일컫는 것이오?"

"어떤 의미로든 청명수변의 기억을 떠올리고 온 것입니
다."

"무슨 뜻인지는 몰라도 뭔가 사연이 있는 모양이구려, 허
허! 아무쪼록 좋은 추억을 되새기다 가시길 바라오."

"예. 어르신."

"참, 우리 마을에서 가장 유명한 곳이 있다면 길모퉁이에
보이는 청호다루라오. 그곳의 차는 꼭 드셔 보시오. 그럼."

세심한 조언을 아끼지 않고 떠난 노인을 바라보던 악운은
이내, 노인이 알려 준 다루로 향했다.

노인이 언급한 다루가 좋은 시작점이 될 거 같았다.

찾아간 다루는 놀랍게도 객잔처럼 두어 개의 객방만을 운영하고 있었다.

악운은 그중 객방 하나를 빌려 옷을 갈아입은 후에 다루한 편에 앉아 차를 마셨다.

시간적 여유가 있어서 그런 것이 아니었다.

악운은 기다리고 있었다.

'방금 전 그 노인..'

악운은 묘하게 웃음이 나왔다.

'생각도 못 했겠지. 내 전생이 천휘성이라는 것을.'

마주쳤던 노인은 천휘성의 기억 한편에 있는 사내였다.

체구가 작지만 눈빛과 기세는 그 누구보다 강렬했던 인물.

'수왕의 부채주, 호접.'

부채주들 중에서 군사 역할을 했던 그는 허허로운 노인 흉내를 내고 있었지만, 눈빛만큼은 과거 모습 그대로였다.

'호접이 잊었을 리가 없지.'

그는 청명수변이란 화명을 듣고 깜짝 놀랐을 것이다.

애초에 청명수변이란 화명은 존재조차 하지 않았으니까.

청명수변이란 수왕이 노후를 편안히 보내며 그리고 싶어 했던 가상의 화명이었다.

장강결전에서 사망했기에 결국 그리지 못한…….

'그 화명을 언급했으니 내 정체에 대한 의견으로 지금쯤 분분하겠지.'

아마 의견 조율이 끝나고 나면 호접을 따르는 이들은 자신을 찾아올 것이 분명했다.

'그러니 굳이 다루를 추천했겠지.'

분명 제녕의 일이 신경 쓰이기는 했지만 일에는 순리라는 게 있는 것.

악운은 차분하게 기다리기로 마음먹었다.

머지않아 손님들이 찾을 밤이 내려앉을 때까지.

기다리는 동안 악운은 최근에 올라선 무공과 경지를 복기했다.

'예상했던 것보다 빠른 성장이었어.'

예상 못 한 여러 번의 기연이 중첩된 결과, 현재는 천휘성이 올랐던 경지인 현경만을 남겨 두고 있었다.

그간 일계의 성장은 경이로웠다.

진총검결이 팔방(八方) 중 진(震)을 구축하자 연관된 손(巽)이 진과 공생하며 기운이 강성해졌다.

각인된 황제십경 또한 북쪽 방위를 열게 했다.

감(坎)이 구축되어 황제십경이 북쪽 방위에 완벽히 자리를 잡게 됐다.

그러자 황제십경의 본의와 닿는 일계의 무공들이 더욱 강성해졌다.

우(宇)의 경지.

즉, 현경에 닿기 위한 준비 과정이 일부 완성된 것이다.

"후우……."

꼬리에 꼬리를 문 심득을 정리해 내고 나자 어느새 사위에는 짙은 어둠이 내려앉아 있었다.

다시 얼마쯤 흘렀을까?

열어놓은 창가 사이로 스며들기 시작한 달빛.

악운은 그 사이로 아른거리기 시작한 그림자를 응시했다.

"오셨습니까?"

기다렸던 손님들이 창가를 넘어 불빛 안쪽으로 모습을 드러내기 시작했다.

노인…… 아니, 호접은 예리한 눈으로 방갓을 벗은 악운의 얼굴과 천으로 둘둘 말려 있는 주작을 번갈아 훑어봤다.

"내 최근 강호 소식에 어둡긴 하나 강호의 파란을 일으키는 인물 정도는 머릿속에 새겨 뒀지. 아무래도 자네가 그 인물이 아닐까 싶은데. 맞나, 산동악가의 소가주여?"

"예, 맞습니다."

"그건 그렇고…… 내 등장에 크게 놀라지 않는군. 역시나 이미 내가 누군지 알고 있었다는 것인가?"

"그런 건 아닙니다. 그저 직감이었을 뿐입니다."

"직감이었다? 이보게, 내 평생 강호에서 우연이기만 한 일을 본 적이 없었다네. 그러니 다시 묻지. 내가 누군지 어찌 알았나?"

호접의 기세가 점점 방 안을 가득 메우기 시작했다.

그러나 악운의 표정은 크게 변하지 않고 담담했다.

"장담하건대 어르신과 저 두 사람은 저를 쓰러트리지 못합니다. 그러니 기운은 거두시지요. 싸움을 원해서 이곳에 온 것이 아닙니다."

"자네가 묻는 말에 대답하면 끝날 일일세."

"이 마을의 번성이 어디서부터 비롯됐는지 알았기에 찾아온 것일 뿐입니다. 확실히 말씀드리건대 처음 뵈었을 때는 어르신이 누구인지 전혀 가늠하지 못했습니다."

"처음에는 몰랐다고? 그럼 지금은 알고 있다는 말인가?"

"예. 어르신께서 이 마을의 대소사를 관리하시는 촌장이시라면 제가 생각하는 그분이 맞을 것 같아서 말이지요."

"……."

"이리 만나 뵙게 되어 영광입니다. 방천기창(放千驥槍) 호대인."

자신의 이름을 들은 호접의 눈썹이 역팔자로 휘었다.

악운은 그의 표정을 오연히 마주하며 계속 말을 이었다.

"태양무신께서 저를 이리 가라 인도해 주셨기에, 이렇게 호 대인을 찾아온 것입니다. 그분이 아니었다면 당연히 호 대인도, 백해채(白海砦)의 존재도 몰랐겠지요."

악운의 이야기를 모두 들은 호 대인은 천천히 개방하던 기운을 갈무리해 갔다.

그러면서도 호접은 의아했다.

'태양무신에게 후인은 없었다. 그런데 어떻게……?'

호접이 두 명의 수행원에게 말했다.

"잠시 물러가 있거라. 산동악가 소가주와 둘이서만 말을 나누겠다."

"예. 인근에서 기다리겠습니다."

수행원들은 악운을 경계의 눈빛으로 쳐다봤지만, 그 이상의 무례를 범하지는 않았다.

스륵.

이윽고 두 사람이 사라지자 호접이 의자를 가져와 앉았다.

"자, 이제 내가 이해할 수 있게 설명해 주겠나?"

악운이 조용히 고개를 끄덕였다.

'어디서부터 말해야 할까.'

악운은 이곳에 오면서 수없이 고민했다.

전생의 천휘성이었다고 고백해야 할까, 하고.

그러나 그보다는 천휘성의 후인이 되었다는 말이 그들이 받아들이기에 훨씬 나을 듯했다.

　양경을 설득할 때처럼.

　"그의 후인이라고?"

　"예. 어떤 이름 모를 섬에서 기연을 얻었습니다. 그리고 그분의 음성을 들었지요. 그 음성을 통해 알게 된 곳이 바로 이곳이었습니다."

　"그는 따로 후인을 남기지 않은 채 죽은 것으로 아는데, 대체 어찌 그런 기사가……! 설마, 그는 그것까지 안배를 해뒀던 것인가?"

　홀로 중얼거리던 호접이 다시 악운을 응시했다.

　"자네의 말만 믿을 수는 없네."

　"제가 언급한 건 천 맹주님만 알고 있던 약조 아닙니까. 그리고 호 대인이 이곳에 계신다는 것 또한 그분이 아니었다면 아무도 몰랐을 테지요."

　"그거야……."

　호접은 그간의 경륜이 쓸모없게 느껴질 만큼 악운에게 아무 항변도 할 수가 없었다.

　아니, 악운의 말이 옳았기에 그랬다.

　지금 악운이 언급하는 이야기들은 오로지 천휘성 본인만이 할 수 있는 말들이었으니까.

　"흐음, 그럼 마지막으로 하나 묻겠네."

"예."

"자네 말대로라면 자넨 천 맹주가 남긴 비술로 그의 전언(傳言)을 들었다는 것인데, 천 맹주가 내게 따로 남긴 말은 없었던가?"

악운은 호접을 빤히 바라봤다.

'이 순간 그에게 남길 말이라……. 그럼 그 말밖에 없겠군.'

백해용왕의 장례를 치르던 그날.

천휘성은 호접을 위로하며 이렇게 말했다.

"강산은 변해도 뜻은 남아 있으니, 그대들이 살아 있는 한 채주께서는 살아 계신 것이나 다름없소. 나 역시도 언젠가 채주님과 같은 길을 걸을 날이 오겠지……라고 하셨지요."

호접의 눈이 점점 커져 갔다.

토씨 하나 틀리지 않았다.

마치 천휘성이 현신한 듯한 착각이 일 정도였다.

"더는 의심할 여지조차 없게 만드는군."

"의심이 풀리셨다니 다행입니다."

"오랜 세월 맹주의 뜻이 더럽혀지는 꼴을 소문으로나마 들어 왔네. 한편으로는 다행이라고 생각했지, 유산이나 뜯어먹겠다고 하는 그 더러운 드잡이판에 끼지 않은 것이. 하지만……."

호접의 눈빛이 어두워졌다.

"이후 맹주의 조촐한 장례조차 참석하지 못한 것은 오랜 세월 한이었네. 당시 산동악가에서 혈교를 쫓기 전에 한 사찰에서 작게 다비식을 행했다지. 외롭게 말이야."

"예. 혈교를 쫓기 위해 추격하기 전의 일로 알고 있습니다. 그 후에 가문은 궤멸에 가까운 피해를 입었지요."

"익히 들어 알고 있네. 그래서 자네에게 처음부터 적의를 드러낼 생각은 없었네. 방금도 말했듯이 나는 산동악가의 행보를 존경하고 있으니…… 하지만 천 맹주에게 남긴 빚을 언급하는 건 분명 예민한 일이지."

악운은 그가 보인 거친 반응이 충분히 이해되었다.

갑자기 태양무신의 전인이 나타나 과거를 들먹이는 일은 쉽게 납득할 수 있는 상황이 아닐 테니까.

그러나 악운은 이 순간 그의 도움이 반드시 필요했다.

"자, 이제 자네가 전인인 것은 충분히 입증했으니 이제 말해 보게. 천 맹주가 어떤 전언을 남겼는가."

"전언을 통해 천하가 혼란해지면 함께 손을 잡아 줄 만한 분들을 말씀해 주셨습니다. 호 대인께서는 그분들 중 한 분입니다."

"천휘성 그에게 진 빚을 그대에게 대신 갚으라는 뜻인가?"

"예."

악운은 부정하지 않았다.

내용을 포장하고 미사여구를 붙여 봤자 의미는 동일하다.

이곳을 찾은 건 천휘성에게 약조한 것을 지키라는 의미였다.

"들어 보지. 무엇을 원하나?"

"장사성이 이끄는 천룡채를 무너트리는 데에 백해채가 도움을 주셨으면 합니다."

"장사성?"

그 이름을 들은 호접은 잠시 눈을 감고 조용히 생각을 더듬어 갔다.

하지만 아무리 생각해 봐도 장사성이란 이름을 가졌던 자는 생각이 나지 않았다.

아무 기반 없이 세력을 일궈 낸 자라는 뜻이다.

"나와는 연이 닿은 적이 없는 자인 거 같은데, 그자가 그토록 강한가?"

"장강수로채의 재건할, 수왕의 이름을 이어받을 사내라고 일컬어지는 모양입니다. 세력은 이미 수채 수준을 넘어섰다 들었습니다."

"대단하군. 엄청난 격전이 되겠구먼."

"예. 하지만 우리 가문은 지금 단 한 척의 배도 없습니다."

악운은 이어서 우경전장과 그들 사이의 관계에 대해 언급했다.

현재 가문의 사정도 굳이 감추지 않았다.

한참 이야기를 듣던 호접이 수염을 쓸어내렸다.

"여건이 좋지 않은 게로군."

"예. 이곳을 찾아온 연유입니다."

"좋아. 상황은 그렇다 치겠네. 한데 내가 대체 왜 악가를 도와야 하는가? 내가 빚을 진 분은 천 맹주이지, 그대가 아니네."

"……."

"난 이곳의 평화를 지키기 위해 오랜 시간 동안 외부에서 흘러든 쓸데없는 분란을 조용히 정리해 왔네. 혼란한 시기에 이렇게 평화로운 마을은 무릉도원과도 같지. 이 평화를 깨고 싶지 않다는 뜻일세."

호접은 입술을 다물며, 완고한 뜻을 내비쳤다.

조용히 있던 악운이 넌지시 물었다.

"언제까지 평화가 유지될 거 같으십니까?"

"내가 살아 있는 한 가능할 것일세. 혈교 또한 물러간 지 오래일세. 그대의 가문이 맹주의 뜻을 끝끝내 지키고자 했던 것은 존경하나, 그 후 혈교는 전혀 모습을 보이지 않았네. 맹주의 생각과 달리 평화는 찾아온 셈이지."

"잘못된 생각이십니다."

"어째서?"

"맹주님의 유산으로 공고한 지위를 획득했던 구파일방과 오대세가는 이제 분열하여 흔들리고 있습니다. 그들은 다양한 갈등을 겪느라 서로 결속하지 못합니다. 최근엔 혈교의 독단 제조법을 활용한 무리까지 나타났지요. 심지어 천하사패 중 한 사람인 구융도 혈교와 연관이 있었습니다. 전쟁은 다가오고 있습니다."

"……."

"그뿐이 아닙니다. 공정한 무역이 이루어졌던 수로는 거대 전장과 결탁한 파락호나 다름없는 수적들이 뱃길을 장악하여 끊임없이 인신매매 등을 자행하는 중입니다."

악운은 연신 침묵만을 지키는 호접에게 물었다.

"수왕께서는 사람을 사고파는 것을 금했었지요. 그분께서 지금의 행태를 보면 무슨 말씀을 하셨을 것 같으십니까?"

이윽고 호접이 어렵사리 말문을 열었다.

"아마 자네 말대로 자네의 뜻을 도우라 말씀하셨을지도 모르겠네. 하지만 채주께서 돌아가시던 날, 그분은 내게 백해채 형제의 안위를 부탁하셨네. 나는 유언을 지키겠다고 결의했고. 그 마음은 여전하네."

"혈교가 왔을 때 대비되어 있지 않다면 모두 죽습니다."

악운의 단언에 호접의 눈빛이 미세하게 흔들렸다.

"오지 않는다면?"

"설사 그렇다 해도 대비해야 합니다. 대비해야 언제고 모습을 드러냈을 때 알맞은 대응이 가능합니다. 수로를 찾으려는 것도 대비의 일환이지요."

"흐음……."

호접은 악운의 뜨거운 눈을 마주 바라봤다.

'전쟁을 직접 겪지 않은 세대의 청년이 혈교를 대비하다니, 이것이 가능한 일이긴 한가?'

악운은 마치 전쟁의 참혹함을 안다는 듯 미래의 일을 염려하고 있었다.

하지만 아직 일어나지 않는 일이다.

그로 인해 또다시 강호에 몸을 싣는 일은 쉽게 결정할 문제가 아니었다.

쉽게 결정을 내리지 못하는 호접에게 악운이 말했다.

"굳이 혈교 때문이 아니어도 상관없습니다. 선배들께서 지키셨던 운하, 강…… 모든 수로(水路)에 썩은 물이 흐르고 있습니다. 일전의 혈교대란처럼 또다시 관망하고, 방심하다 더 최악의 결과를 맞이할 것을 두고만 보실 겁니까?"

호접은 대답 없이 잠시 눈을 감고 과거의 일을 회상해 보았다.

혈교는 부지불식간에 천하를 흔들어 놓았다.

채주의 아들들이 채주를 배신한 것 또한 혈교의 마수였다.

그때 백해채는 방심했고, 그 결과로 장강수로채 연합이 사분오열하며 큰 전쟁으로 발전했다.

그래, 방심이 문제였다.

고심하던 호접이 조용히 고개를 끄덕였다.

"좋네. 나는 소가주의 뜻대로 소가주를 돕도록 하겠네."

악운의 눈빛에 화색이 감돌았다.

호접을 위시한 백해채가 악가를 돕는다면 호랑이 등에 날개가 생기는 것과 다름이 없었다.

배의 건조, 뱃사람 등 모든 악조건이 해소될 것이다.

그러나 악운의 바람도 잠시.

호접이 다시 입을 열었다.

"그러나 지금의 백해채는 나만의 것이 아니네. 이곳에 터전을 잡고 살아올 수 있었던 건 모든 형제가 노력해 준 덕분이라네. 결국 내 뜻과 상관없이 형제들이 동의해야만 그대가 원하는 청을 들어줄 수 있네."

넘어야 할 산은 비단 호접만이 아니었던 것이다.

어느 정도 예상은 했지만 백해채를 설득하는 건 과연 만만한 일이 아니었다.

하지만 악운은 웃었다.

그의 웃음에 호접의 눈에 이채가 흘렀다.

"결과가 어찌 될지 모르는데 왜 그리 웃으시는가?"

"웃지 않아야 할 이유가 없습니다."

"어째서?"

"가장 어려우리라 생각했던 호 대인께서 제가 천 맹주님의 뜻을 이어받았다는 것을 인정해 주셨고, 호 대인의 도움을 통해 백해채에게 도움을 청할 기회를 얻게 되었지요. 이것이 아무에게나 가능한 일이겠습니까?"

호접은 순간 채주와 나눴던 대화 한 토막이 스쳐 지나갔다.

─내가 천 맹주 그놈과 무공을 사사할 만큼 교류를 쌓았는지 아느냐?

─모르겠습니다. 아직도 이해하기 힘든 일이지요.

─놈은 운명에 맞설 줄 안다. 더럽고 치사하고 지랄맞으며 비참한 현실에 쓰러지더라도 다시 일어나 최선을 다한다. 놈은 불이다, 활활 타오르는 불. 불행과 의심을 태우며 앞으로 나아가지. 노부가 놈의 세 치 혀에 설득된 게 아니다. 놈의 의지에 설득되었지.

호접은 순간 희미하게 흘러나오는 미소를 감출 수가 없었다.

'전인은 전인이라 이것인가.'

불행과 의심을 태우는 악운의 모습을 통해 새삼 피부로 와 닿았다.

과연 태양무신의 전인이구나……라고.

백해채

호접이 악운에게 물었다.

"설득할 방도는 있는가?"

잠시 고심하던 악운이 과거 천휘성의 기억을 떠올려 한 가지를 제안했다.

"순평수양은 어떻습니까?"

호접의 눈이 천천히 커져 갔다.

"자네가 순평수양을 어찌 알지?"

순평수양(純平修養).

과거 백해용왕이 수련용으로 만들어 낸 관문이다.

순평수양의 관문은 세 단계다.

처음은 평정을 시험하는 부동관(不動關), 다음은 영민함을 시험하는 지혜관(智慧關), 마지막으로 물과의 친밀도를 시험하는 순수관(純水關).

그러나 이 세 개의 관문을 통과하는 이는 수적 중에서도 극소수에 불과했다.

하나만 통과해도 충분히 인정받는 수적이 되었다.

하지만 이건 악운이 태어나기도 전에 행하던 일이었으니, 호접이 놀라는 것은 당연했다.

악운이 짐짓 웃음기 담긴 눈빛으로 대답했다.

"말씀드렸지 않습니까, 무신의 전언을 들었다고."

호접이 헛웃음을 흘렸다.

"그런가? 허허!"

"제가 그 시험을 통과하면 백해채도 인정해 줄 수 있으리라 생각합니다. 인정을 받고 난 후에는……."

잠시 말끝을 흐리던 악운이 호접을 응시했다.

"어째서 나를 보는가?"

"방금 전에 제게 그러셨지요? 백해채는 호 대인의 것이 아니어서 모두의 결정을 대변할 수는 없으나 호 대인께서는 제 청을 받아들이기로 결정하셨다고 말이지요."

"그랬지."

"그럼 순평수양을 통과한 후의 설득은 호 대인께서 맡아 주십시오. 제가 백해채의 조력을 받을 수 있는 형제의 자격을 가

겼는지는 순평수양을 통해 제 스스로 증명해 보이겠습니다."

호접의 눈에 이채가 흘렀다.

'참으로 영민한 청년이로구나.'

악운은 모두가 가진 혈교의 두려움과 과거 장강수로채의 영광을 지켜야 한다는 감정적인 호소만으로는 모두를 설득하기 힘들다는 것을 예상한 게 분명했다.

그래서 순평수양으로 설득의 '명분'을 만들려는 것이다.

"명분은 자네가, 설득은 내가?"

"예."

"내가 스스로 뱉은 말이니 거절할 수도 없겠구먼. 만약 내가 거절했다면 어찌하려 했나?"

"다른 방도를 생각해 봤을 겁니다."

"포기하진 않았을 텐가?"

악운이 되레 반문했다.

"제가 어찌했을 것 같으십니까?"

호접은 그저 미소만으로 화답했다.

굳이 대답할 가치도 없었다.

산동의 이 젊은이는 천 맹주를 똑 닮았으니까.

악운은 눈을 감았다.

호접이 방을 떠나며 남긴 말이 머릿속을 스쳤다.

　-현재 우리 백해채에는 나를 비롯한 원로회를 제외하면, 한 명의 채주와 여덟 명의 부장(副將)이 있네.
　얼마 전까지는 내가 채주였으나, 현 채주는 내 아들이 맡고 있다네. 공식적으로는 촌장이지만……. 아무튼 전대 채주로서 비상 회합(會合)을 열어 순평수양을 제안해 보겠네. 기다려 주게나.

　현재 악가의 상황을 전해 들은 호접이기에 결단은 그리 오래 걸리지 않을 것이었다.
　'차분히 기다리자.'
　현재 할 수 있는 일은 그것뿐이었다.

❦

　다음 날 오후가 되었을 때쯤 차를 마시고 있는 악운의 곁으로 일단의 무리가 다가왔다.
　그중 한 사내가 악운 앞에 스스럼없이 마주 앉았다.
　"반갑소. 나, 호몽이오. 내 부친께 들었겠지만 현재 내가 이 마을을 이끌고 있는 촌장이외다."
　악운은 마주 앉은 사내를 응시했다.

호몽은 손과 발이 사람의 머리만큼 커다랗고 사각턱에 사나운 인상을 갖고 있었다.

"처음 뵙겠습니다. 악운입니다."

"직접 대면하고 담소를 나누고 싶어 아버님 대신 내가 왔소. 그래, 순평수양을 제안하셨다고?"

"예. 내부적으로 결론은 나셨습니까?"

악운은 질질 끌지 않고 단도직입적으로 물었다.

그러자 호몽이 잠시 굳은 표정을 짓더니 이윽고 웃음을 터트렸다.

"으하하! 시원시원해서 좋군. 그렇소. 우린 아버님께서 하신 제안에 동의하기로 했소."

악운의 눈빛이 찰나간 번뜩였다.

'됐어.'

일단 큰 산 하나는 넘긴 셈이었다.

"이유가 궁금하진 않소?"

"궁금합니다. 말씀해 주시겠습니까?"

"사실 그러기 위해 온 것이기도 하오. 앞서 말했던 대로 소문으로만 듣던 산동악가의 소가주가 어떤 인물인지 직접 경험하고 싶기도 했고."

한차례 수염을 쓸어내린 호몽이 계속 말을 이었다.

"일단 형제들이 아버님의 제안을 받아들인 건 아버님을 존경하기 때문이 제일 크오. 우리에게 있어 아버님은 혈난 속에서도 수많은 형제들의 안위를 지켜 오신 분이오. 그분께서 하시는 일에 이의를 가질 생각은 없소. 하지만 검증되지 않은 사내를 무작정 믿을 생각도 없었지.”

“동의합니다.”

“해서 순평수양에 동의한 것이오. 역사와 전통의 순평수양이야말로 우리가 그대를 시험하기에 최적의 시험일 테니. 단, 그 전에 하나 묻고 싶은 것이 있소. 이건 개인적인 질문이오.”

“말씀하시지요.”

“뜬금없을 수도 있겠으나…… 소가주, 그대를 한 단어로 표현하면 무엇으로 표현해 보겠소?”

호몽의 물음은 생각하기에 따라서 무척 난해한 질문이었다.

하지만 악운은 오래 시간을 끌지 않았다.

천휘성의 삶을 지나 악운에 이른 지금까지 악운에게는 단하나의 생각만이 존재했으니까.

“도약(跳躍). 도약입니다.”

천휘성, 악진명…… 그 외 수많은 동료의 희생을 긍지로 삼고, 가문과 가솔의 평안을 지킨다.

의심과 불행, 좌절과 후회로 점철된 순간을 겪더라도 결코 물러서지 않고 나아가야 한다.

물러설 생각이었다면 새로 얻은 기회를 움켜쥐지도 않았다.

이 순간, 호몽을 바라보는 악운의 눈은 그 어느 때보다 강렬했다.

"호오……."

호몽은 악운을 떠올리며 언급한 부친의 말이 기억났다.

―강인하고 뜨거운 청년이더구나. 내 뜻을 지켜 주고자 네가 오랜 시간 억눌러 왔던 야망을 크게 뒤흔들어 놓을 수도 있겠다 싶었다.

부친은 한때 장강수로채를 이끌던 최고의 수적 중 한 사람이었다.

부친에게 좋은 평가를 받은 사내가 시시할 리 없다고 생각하긴 했지만, 직접 마주하여 들은 악운의 대답은……

"애초에 나이에 대한 편견 없이 바라봤음에도, 기대 이상의 대답이었소."

"과찬이십니다."

"그럼, 내 질문은 이쯤에서 끝내고 순평수양에 대한 이야기를 전하겠소."

"예."

"첫 번째 관문은 부동관이오. 부동관은 내공 없이 육체만으로 모든 과정을 견뎌야 하오. 숙압호 인근에서 진행할 것이오. 지금 떠날 테니 채비하시오."

악운은 조금의 지체 없이 자리에서 일어났다.

그것을 본 호몽이 궁금했는지 악운에게 다시 물었다.

"두 번째 관문은 왜 묻지 않으시오, 궁금할 터인데? 이미 알고 있기라도 한 것이오?"

일어나 있던 악운이 담담히 대답했다.

"알든 모르든 저는 반드시 그 관문들을 통과할 겁니다. 그러기 위해 이곳에 온 것이니까요. 그럼 채비하겠습니다."

호몽은 호탕하게 웃음을 터트렸다.

"으하하!"

'천휘성의 전인이라 이건가?'

아주 만족스러운 만남이었다.

숙압호 수변에 도착했을 때 어느새 노을이 지고 있었다.

저벅―!

악운은 말에서 내려 수변으로 걸음을 옮겼다.

수백 척의 소선(小船)들이 띄워진 채 청룡기(靑龍旗)가 펄럭이는 경관은 전율이 일 만큼 강렬한 장관이었다.

"장관이지 않소?"

뒤따라온 호몽의 음성이 들렸다.

"예. 언제 이리 배를 띄우신 겁니까?"

"숙압호에 띄워진 배는 비상시를 대비한 최소한의 안배요. 혹시 모를 위험에 대응하기 위한 것이지."

"아……."

"하지만 오늘 저리 많은 배를 띄운 것은 오로지 소가주가 관문을 마주한 모습을 모두가 보고자 함이오. 그러니 내 부친의 기대를 저버리지 마시오. 사위가 어두워지면 시작하겠소."

말을 마친 호몽이 수변 근처에 모여 있는 백해채의 형제들에게 외쳤다.

"형제들이여! 순평수양의 관문에 도전자가 나타났다. 준비를 마친 후에 부동관을 시작할 것이다! 배에 있는 형제들에게 도전자가 도착했음을 알려라!"

호몽의 말이 끝나기 무섭게 기다리고 있던 기수(旗手)가 푸른 깃발을 수백 척의 소선들을 향해 흔들었다.

'시작인가.'

악운의 입술이 결연하게 다물렸다.

❧

호몽은 형제들을 시켜 목갑을 가져오게 한 후 설명을 시작했다.

"말했던 대로 부동관은 순수한 육체의 관문이오. 물에 띄워진 통나무들이 보이시오?"

"예, 보입니다."

"나무들을 밟고 달려서 마지막 나무 앞의 배로 도달하면 되오. 방법은 상관없소. 단 멈추거나 포기하면 끝이오. 물론 순수한 육체만으로. 하지만 순간적으로 내공 발현이 가능할 수 있기에 두 가지를 준비했소."

이어서, 호몽이 목갑을 열었다.

끼익.

"현재 우리가 보유하고 있는 가장 강력한 산공 독이요. 화엄군자산(火嚴君子散)이지. 최상급 산공 독에는 미치지 못하나 상급 산공 독의 수준이외다. 삼켜 주시오. 내공을 억제하여 순수하게 신체만을 쓰도록 도울 것이오."

악운은 지체하지 않고 화엄군자산 한 알을 입안으로 넣었다.

콰득.

군자산의 강한 독기가 악운의 전신을 타고 흘러들어갔다.

"그리고 이것을 입어 주시오. 청폐갑(靑閉鉀)이오. 가벼운 무게이니 움직임에 방해가 되진 않을 것이오."

"흘러나오는 내공을 흡수하는 갑주로군요."

"그렇소. 주술과 연철로 이뤄진 보갑이오. 강력한 내공을 일으키면 손상될 테지만, 산공 독을 복용한 상태라면 철저히 소가주의 기운을 빼앗을 것이오."

"만반의 준비를 하셨군요."

"이미 화경에 이른 고수라는 소문을 들었으니 이 정도 준비는 해야 하지 않겠소? 두렵다면 그만둬도 좋소."

"그럴 리가요."

악운은 고개를 저으며 순순히 청폐갑을 입었다.

청폐갑을 착용하자마자 강력한 구속력이 느껴졌다.

그런데 찰나간, 이런 생각이 함께 들었다.

'이들은 내가 화경의 고수인 걸 안다. 그럼에도 내 육신의 공부를 시험한다는 건가? 그러기엔 너무 쉬운데.'

하지만 들려온 호몽의 음성에 생각은 길게 이어지지 못했다.

"자, 때가 됐군."

"예."

동시에 악운은 수변 안쪽으로 걸음을 옮겨 갔다.

그사이 수변에 드리워졌던 노을이 점차 밤의 깜깜한 어둠이 사위를 뒤덮기 시작했다.

❧

악운은 거침없이 땅을 박찼다.

타닥!

일말의 내공도 사용할 수 없이 온전히 육체만으로 징검다리를 건너 마지막 통나무 너머의 배로 향하는 게 목표.

'수없이 해금되어 강인해진 육신이다. 그리 어려운 일이 아니야.'

내공을 사용하지 않더라도 체득된 신법들의 형(形)이 악운의 전신에 실렸다.

쐐액!

금강부동신법(金剛不動身法)의 형이 흔들림 없는 중심을 주고, 명명보와 성혜도약법 그리고 태신보가 다음을 위한 강한 도약을 일으켰다.

화악!

눈 깜짝할 새 다섯 개의 통나무들이 악운의 발끝을 스쳐 갔다.

태홍이려창을 체득하며 얻은 백호의 신속까지 더해진 지금.

악운의 속력은 육신만으로 최절정 고수의 신법 속도를 따라 잡는 수준이었다.

지켜보던 호몽이 눈을 크게 부릅떴다.

"맙소사."

순간적으로 생각이 입 밖으로 튀어나올 만큼, 호몽은 경악했다.

통나무는 겉으로만 멀쩡해 보일 뿐, 최대한 무게를 줄여서 통나무의 중심점과 신체의 무게중심을 일체화시키지 않는다면, 무조건 가라앉는다.

따라서 하나하나를 신중하게 밟아야 하며, 평정심은 물론 빠른 판단력과 결단력이 필요하다.

그러려면 지금 악운과 같은 속력은 절대 불가능하다.

아니 불가능하다고 생각했다.

그런데……

'저런 것이 가능하다고?'

호몽은 마른침을 삼켰다.

지금 악운이 행하는 신위가 얼마나 대단한 것인지는 이를 직접 겪어 본 호몽이 누구보다 잘 알았다.

종전 직후 순평수양을 굳이 도전해 본 이는 호몽밖에 없었기 때문이다.

말로만 듣던 악운의 신위를 직접 마주한 호몽은 이상하게도 점점 더 악운에게 강한 기대감이 생겼다.

그가 서둘러 기수에게 외쳤다.

"시작해라. 이대로 끝나면 재미없지."

기다렸다는 듯 붉은 기를 든 기수가 통나무 주변에 띄워져 있는 배들을 향해 기를 흔들기 시작했다.

펄럭.

그 순간, 악운 앞의 통나무 하나가 물 밑으로 모습을 감췄다.

근처에 있는 배가 움직이며 배 밑으로 연결된 밧줄이 통나무를 가라앉게 한 것이다.

촤학!

순식간에 밟을 통나무가 사라지자 악운은 생각할 틈도 없이 신형을 회전시켰다.

'밟고 도약할 통나무가 없다.'

내공을 사용할 수 없는 상황 속에서 악운이 해낼 수 있는
선택지는 단 하나도 없었다.

회전력을 활용해 도약하기에는 다음 통나무까지 거리가
너무 멀었다.

다른 방법이 필요했다.

아주 짧은 사이에 악운은 호몽과 나눴던 대화들이 빠르게
스쳐 지나갔다.

　-나무들을 밟고 달려서 마지막 나무 앞의 배로 도달하면
되오.

　-단, 멈추거나 포기하면 끝이오.

'나무들을 밟아야 하고, 멈추거나 포기하면 안 된다. 하지
만 이대로라면 난 물속에 빠지게 된다. 그럼 실패인가?'

의혹에 휩싸인 그때.

악운은 청폐갑을 입는 순간 떠올렸던 의문 하나가 생각났
다.

'이것이 단순히 육신을 시험하기 위한 수련일까? 그들의
입장에서 나는 이미 그들을 능가하는 고수다. 만약 내 실력
만을 보려는 게 아니라면?'

머릿속은 점점 더 명료해져 갔다.

'호몽은 내게 나무를 밟으라 했지만, 그건 제약이 아니었다. 그는 그저 멈추지 말라고 했어. 반드시 나무를 밟고 건너가야 한다는 건 내가 만든 심리적 제약일 뿐이야.'

불안과 의심, 의혹은 스스로를 포기하고 주저하게 만든다.

이 통나무들은 그 불안의 실체다.

동시에 호몽의 남겼던 말들 중 한 문장이 악운의 머릿속에 인상 깊게 파고들었다.

　　-방법은 상관없소.

'방법은…….'

악운의 입가에 미소가 띄워진 찰나.

낙하하던 몸은 이미 수면과 부딪치기 직전이었다.

그럼에도 악운은 어느 때보다 환하게 웃었다.

'상관없으니까.'

회전하던 악운은 온몸을 일직선으로 쫙 뻗었다.

반사적으로 낙하 충격을 최소화하는 자세를 취한 것이다.

촤학!

통나무가 사라진 수면 아래로 악운의 몸이 순식간에 빨려 들어가듯 사라졌다.

그가 사라지자마자 지켜보던 호몽이 자신도 모르게 주먹을 콱 쥐었다.

'과연 성공할까?'

모를 일이다.

이건 육체만을 보는 시험이 아니기 때문이다.

물론 받아들이기에 따라서 육체의 부동을 시험하는 것처럼 보일 수도 있지만, 부동관의 참 의미는 의심과 의혹을 삼켜 버릴 수 있는, 흔들리지 않는 부동심을 보기 위함이니까.

물속은 고요했다.

침잠해 갈수록 사위도 파래져 갔다.

수면을 올려다보니 은은한 달빛만이 은하수처럼 흐트러져 있었다.

물속으로 깊숙이 들어간 악운의 눈에 배와 통나무 사이에 연결되어 있는 줄들이 보였다.

'저걸 사용하자.'

동시에 악운이 물의 저항력을 이겨 낼 수 있는 최적의 동작을 취했다.

생각하고 나오는 것이 아니라 몸에 체득되어 있는 형(形)이었다.

수왕을 완벽히, 육지보다 물에서 자유롭게 만들어 준…….

'해경신보(海徑迅步).'

그건 내공이 없어도 그 어떤 유영보다 물의 저항력을 가장 최소화하는 형태의 유영이었다.

조용하고, 날카롭게.

그러나 매섭도록 빠르게!

물과 맞닿은 악운이 엄청난 속도로 밧줄을 향해 나아갔다.

쏴아아아!

'나의 미혹으로 멈추지만 않으면.'

마침내, 밧줄에 다시 닿은 악운의 발끝이 팽팽한 밧줄을 디딤대로 밟고 섰다.

'이 시험은 끝나지 않아.'

악운이 다시 수면 쪽을 올려다보았다.

악운의 부동심은 이만한 일로 흔들릴 만큼 약하지 않았다.

꧁꧂

뱃머리에 서 있는 호접에게 곁에 서 있던 원로 한 사람이 말을 걸었다.

"형님, 나오지 않는 것을 오니 아무래도 포기한 듯싶습니다그려."

호접이 쓰게 웃었다.

"그런 듯한가?"

"예. 어린 나이에 화경의 고수에 오르긴 했지만 스스로의 편견과 미혹에 사로잡히면 주저하기 마련 아니겠습니까?"

다른 원로도 아쉽다는 듯 말했다.

"아쉽게 됐습니다. 형님께서도 내심 기대하셨던 재목이었는데……."

그렇게 뱃전에 있는 대부분이 악운의 실패를 점치던 그때였다.

좌하학!

입수했던 지점보다 훨씬 앞의 지점에서 악운이 수면 밖으로 솟아올랐다.

동시에 호접은 눈을 번쩍 떴다.

문득 악운이 찾아온 날이 스쳤다.

많은 고민을 한 그 밤.

사실 그날의 고민은 오래 전부터 가져 왔던 호접의 고민거리이기도 했다.

백해채가 함께 지켜 온 마을의 평온이 지속될 수 있을까?

후예들의 야망과 꿈을 꺾고, 평안을 지켜야 한단 이유로 가둬 놔도 되는 것일까……라는 것들.

하나 그때마다 형제들의 평안을 부탁하는 채주의 유언이 떠올랐기에 끊임없이 모두의 마음을 누르고, 마을을 지키게만 했다.

그러나.

지금 다시 통나무를 밟고 달려오고 있는 악운은 하나의

'계기'가 됐다.

'날 재고하게 했지.'

천휘성의 전인이라는 것은 그와의 벽을 허무는 요소였을 뿐, 마음이 동한 것은 악운의 이야기들이었다.

악운에 따르면 천하의 변화는 상상 이상으로 빨랐고, 과거 장강수로채의 결말을 생각나게 했다.

'평안은 관망만으로 지켜지는 것이 아니니…… 이젠 변화의 흐름을 바라봐야 할 때일 것이야.'

호접은 점점 뱃전과 가까워져 가는 악운을 응시했다.

사실 일말의 의심도 있었다.

'저 청년이 백해채 변화의 물꼬가 될 수 있을 것인가?'라는.

하나 흔들림 없이 통나무를 가로지르는 지금 악운의 모습을 보는 이 순간.

호접은 일말에 남아 있던 의심이 지워졌다.

저 청년은…….

'몰려오는 운명의 파도로부터 백해채를 지킬 최선일 것이다.'

타닥.

호접은 마침내 마지막 통나무를 밟고 갑판 위에 올라선 악운을 향해 입을 열었다.

"어서 오시게, 소가주."

"와아아아!"

호접의 눈빛에는 기대가 담겨 있었고, 수백 척의 배에서는 환호성이 터져 나왔다.

악운은 환호성 속에서 호접을 응시했다.

"물에 빠졌습니다."

"알고 있네. 여기 해약일세."

악운이 호접이 준 해약을 거절했다.

"전 괜찮습니다. 사실 이미 산공 독을 해독했습니다."

악운의 대답에 호접과 원로들은 깜짝 놀랐다.

"삼킨 후에 해독을 해냈단 말인가? 상급 산공 독을?"

"예."

"놀랍군."

호접의 눈은 자연히 악운이 착용하고 있는 청폐갑으로 향했다.

청폐갑은 물기만 조금 묻어 있을 뿐, 조금의 부서짐도 보이지 않았다.

악운이 내공 방출을 하지 않았다는 증거다.

"애초에 산공독은 자네를 억누를 수 없었다는 뜻이었구먼."

"허허……."

"맙소사!"

곁에 있던 원로들은 어안이 벙벙한 표정으로 악운에게서 시선을 떼지 못했다.

모두의 경탄 속에 담담한 건 오로지 악운 본인뿐이었다.

"제가 관문에 통과한 건 맞습니까?"

악운의 반문에 호접이 인자한 미소를 지었다.

"물론일세."

"역시 이 시험은……."

"맞네. 자네의 미혹과 의심으로부터 스스로의 의지를 지키는 시험이었네. 괜히 부동관이 아니었던 게지."

악운은 조용히 고개를 끄덕였다.

이 세 개의 관문에 대한 이야기는 천휘성의 삶을 살 때에도, 수왕에게 언뜻 들었을 뿐이다.

급박하게 돌아가는 정세에서 세월 좋게 관문이나 통과할 여력은 없었던 것이다.

아무튼 별 정보가 없는 상황에서 통과해 낸 것에 악운은 큰 만족감을 느꼈다.

그리고 그 만족감은 마주한 백해채의 원로들도 마찬가지인 듯했다.

그들은 하나 같이 호접과 비슷한 눈빛으로 악운을 바라보고 있었다.

"순평수양은 모두가 넘기 힘든 난관이었네. 그것의 첫 단계를 통과한 것만으로도 이미 자네는 우리의 존중을 얻었네. 하지만 이대로 멈추진 않겠지?"

"물론입니다."

"그럼 두 번째 단계로 넘어가세. 두 번째 관문은 지혜관일세. 섬으로 이동하라."

호접의 말이 끝나기 무섭게 수백척의 소선들이 방향을 선회해 호수 깊은 곳으로 나아갔다.

❧

'기문진인가.'

배가 나아갈수록 주변에 끼기 시작하는 하얀 운무(雲霧).

일반적인 운무가 아니라 기에 묶여 인위적으로 주변에 포진되어 있었다.

일정 범위의 환영진이다.

'이제야 수백 척의 배가 숨어 있었던 것이 설명되는군.'

주변을 둘러보는 악운에게 호접이 말을 걸었다.

"숙압호는 오랜 세월 우리의 좋은 거점지가 되어 주었네. 숙압호에 놓인 커다란 지하 동혈을 우린 동도(洞島)라 부르지."

"광범위한 환영진이군요."

"수적에게 가장 필요한 것이 정박한 배들을 감추는 일 아닌가? 크게 고생 좀 했네."

악운과 한결 더 스스럼없어진 호접은 이윽고, 안개를 지나 보이기 시작한 검은 동혈을 가리켰다.

"저곳일세."

용이 입을 벌린 양 커다란 동혈의 입구가 악운을 반겼다.

두 번째 관문을 치를 장소였다.

❦

"지혜관은 다음, 단계인 순수관(純水關)으로 이어져 있네. 우리가 지혜관을 치를 시험대로 이곳을 고른 데에는 이 거대 동혈이 미로처럼 되어 있기 때문이네. 자네가 오기 전에 통과했던 자들의 흔적을 지워 놓았네. 즉, 자네는 미로 같은 동혈을 스스로의 지혜로 통과해야 하네."

"흔적을 추적하며 통과하기는 글렀군요."

"그럴까 봐 미리 해 주는 말일세. 출발하게. 이미 순수관 앞에 사람이 기다리고 있네."

"예."

악운은 지체 없이 동혈 안으로 걸음을 뗐다. 무엇이 기다리고 있건 지혜란 단어가 붙은 이유가 있으리라.

몸으로 해결하는 편이 더 적성에 맞긴 하지만…… 어쩔 수 있겠나.

❦

악운이 동혈 안쪽으로 사라진 후 뒤늦게 도착한 호몽이 호접에게로 걸어왔다.

"이미 들어간 모양입니다."

"그래, 네가 오기 전에 방금 들어갔다."

"그렇군요. 어르신들께서는 그를 어찌 보셨습니까?"

호몽의 시선이 호접의 곁에 서 있는 원로들을 향했다.

그들은 길게 말하지 않고, 미소로 화답했다.

호접이 껄껄 웃었다.

"마음에 든다더구나. 너와 부장들의 생각은 어떠하냐?"

"부장들이야 워낙 제 뜻에 잘 동조해 주니 제가 허락한다
면 제 결정에 따라 줄 듯합니다."

"중요한 건 네 생각이겠구나."

"예."

"그래, 그럼 네 생각은 어떠하냐."

"저는……."

호몽이 씨익 웃었다.

"저 친구가 아주 마음에 듭니다. 나이를 떠나서 소가주는
스스로 뭘 해야 할지 명확히 알고 있습니다. 생각해 보면 이
곳에 찾아온 이유도 무작정 찾아온 것이 아니라 오랜 시간
계획해 온 듯합니다. 미래의 계획도 한번 들어 보고 싶어졌
습니다."

"그리 생각한 이유가 듣고 싶구나."

"음, 무신의 전승을 얻은 것이 언제인지 알 수는 없어도,

분명 고수가 되기 이전일 터라고 생각합니다. 한데 그간 산 동악가는 많은 풍파를 겪었다 들었습니다. 소문에 어두운 저 역시도 들을 만큼이었지요."

"산동성의 난을 평정한 후에 우릴 찾아온 게라는 것이냐? 허면 우리가 이곳에 있는 것을 전부터 알고 있었음에도 이제 야 찾아온 것은 오랜 시간 계획된 것이라……. 이것이구나."

"예. 물론 짐작일 뿐입니다."

"아니다. 어느 정도는 근거가 있는 말인 것 같구나. 네 통 찰력과 통솔력은 늘 아비보다 나았다."

"아닙니다. 아직 멀었습니다."

"멀기는 욘석아……. 쿨럭!"

말을 잇던 호접이 순간적으로 각혈을 토해 냈다.

하지만 그의 손바닥에 묻은 피의 색은 무척이 새카맸다.

"아버님!"

"어르신!"

"됐다. 늘 있는 일인데, 무얼 그리 호들갑을 떠느냐? 껄 껄!"

호접은 애써 웃음으로 무마했지만 그를 바라보는 모두의 눈에는 슬픔과 걱정이 가득했다.

호접의 지병은 이미 오래 전부터 진행됐기 때문이다.

내기로 애써 억눌러 오던 증상들이, 그가 나이를 먹어 가 며 약해질수록 터져 나오기 시작한 것이다.

"갈 때가 되면 가면 되는 것이다."

"아직 저희는 아버님의 존재가 필요합니다."

"몽아."

"예, 아버님."

"못 느끼겠느냐? 변화는 이미 네 눈앞에 다가와 있다. 오랫동안 지상의 혼란 속에서 마을을 꾸리며 다시 번성해 온 우리에게 또다시 선택을 해야 할 기로가 다가온 것이야."

"……."

"도태된다면 새로운 장강의 물결에 떠밀릴 게다. 제자리만 고수하다 쓸려 갈 것이냐, 아니면 적극적으로 주도해 흐름을 탈 것이냐?"

고심하던 호몽이 무겁게 입을 열었다.

"후자입니다."

호접이 만족스럽게 호몽의 얼굴을 두 손으로 감싸면서 웃었다.

"그래. 그 대답을 자신 있게 할 수 있다면, 몽이 너는 이미 내가 없이도 수채를 이끌어 나갈 수 있음이야."

호몽의 눈빛이 파르르 떨린 찰나.

호접이 악운이 들어간 동혈 안을 손가락으로 가리키며 말했다.

"수채를 위해 반드시 새로운 기회를 잡거라."

호몽은 조용히 고개를 끄덕였다.

문득 그는 그런 생각이 들었다.

아버지…… 아니, 백해채의 형제들은 언젠가 다가올 새로운 시대를 이미 기다리고 있었던 건 아닐까, 하는.

악운은 걸으면서 문득 백해용왕을 떠올렸다.

그는 거칠고 무식해 보이나 알고 보면 누구보다 섬세하고 예민했으며, 늙은 여우처럼 지혜로웠었다.

한 번은 그런 질문을 한 적이 있다.

—웅 대인. 배가 방향을 잃고, 사위가 어둠과 풍랑에 잠기면 어디로 노를 저으십니까?

—젓긴 뭘 저어!

—왜, 역정을 내십니까?

—말 같지도 않은 어불성설을 가져다 대니까 그렇지! 맹주 놈아! 순리를 공부한다는 놈이 물길을 순리에 포함하지 않는 게 말이나 되더냐?

그 말을 듣고 나서 한동안 둔기를 맞은 양 아무것도 하지 못했고, 이후 깨달음의 계기가 되었던 것으로 기억한다.

하지만, 갑자기 이 생각을 떠올린 건 추억 팔이 따위가 아니다.

'이 미로를 헤쳐 나가기 위함이지.'

악운은 세 갈래가 된 동혈을 응시했다. 처음엔 하나의 통로로 시작했지만, 얼마 걷지 않아 세 갈래 길이 나온 것이다.

휘이이이-.

동혈 안의 바람이 음산한 소리를 냈다. 스산한 기운 속에
도 악운은 크게 흔들리지 않고 눈을 반개했다.

동시에 악운의 목에서부터 푸른 비늘이 돋아나기 시작했다.

츠츠츠-.

해룡포린공에는 다양한 요소가 있다.

극성에 이르면 나타나는 호신강기가 그 첫 번째이며, 심해
어처럼 호흡하게 하는 전신 호흡이 두 번째다. 세 번째는 극
음의 냉기를 통한 빙장($氷掌$)이며, 마지막인 네 번째는……

'물을 느낀다, 수왕 어르신이 그랬듯이.'

  -천류, 강류, 해류, 모든 물의 흐름은 역장($力場$)을 갖고
  있다. 순리의 흐름대로 흘러가지. 난폭할 때도, 온순할 때
  도 물이 가진 역장의 흐름을 이해하면 활로($活路$)를 찾을 수
  있음이야! 에잉, 맹주란 놈이…… 쯧쯧.

악운의 입가에 빙긋, 미소가 서렸다.

'예, 무지한 맹주여서 송구했습니다.'

인상 깊었던 전생의 기억을 바탕으로, 악운은 시행착오 없
이 해룡포린공이 지닌 요소를 활용할 수 있었던 것이다.

츠츠츳!

파랗게 물든 악운의 손바닥이 지하 암반을 타고 흘렀다.

땅 밑으로 흘러들어간 해룡포린공의 기운이 돌 사이에 알알이 맺혀 있는 지하수들을 지나 빠른 속도로 물길을 찾아갔다.

스스스스.

동혈이 아무리 미로 같아도 물길은 어디론가 흘러간다. 고이지 않은 곳을 찾아야 한다. 계속 흘러가서 끝끝내 더 큰 곳으로 폭이 넓어지는…….

'저기인가.'

청염의 이채를 흘린 악운의 시선은 어느새, 세 갈래 길 중한 곳에 정확하게 꽂혀 있었다.

악운은 새삼 인정했다.

수왕(水王)의 명성은 결코 허명이 아니었음을.

'수왕께서 만드신 시험의 두 번째까지 도달한 자가 나타날 줄이야…….'

백해채의 부장(副將) 중 한 사람인 정흥채는 호몽의 하명으로 미리 순수관 입구 앞에 당도해 있었다.

순수관은 복잡한 미로인 동혈을 통과해야 닿을 수 있는 곳.

천혜와 인공의 조화로 이뤄진 동도(洞島)의 지하 동혈은 웬만한 지혜가 아니고서야 결코 풀어낼 수 없는 지형이었다.

'미리 준비된 전도를 보고도 쉽지 않은 미로거늘……'

자칫 길이라도 잃어버리는 날에는 동도의 어둠을 헤매며 굶어 죽을지도 모르는 것이다.

'무공의 고하와는 상관이 없어.'

섬을 통째로 반이라도 가르는 절세의 반신(半神)이라도 되지 않는 이상에야, 미로는 오로지 지혜로만 통과해야 한다.

'그게 가능할까? 아니, 어쩌면……'

첫 번째 시험을 통과하기 전까지만 해도 그 젊은 청년이 일을 해낸다는 건 상상도 못 했던 일이다. 그럼에도 묘한 기대감이 드는 건 왜인지.

"부장님, 기척이 느껴집니다."

"그래, 알고 있다. 채주님이시겠지, 소가주가 벌써 도착할 리는 없을 테니."

정흥채는 이곳과 이어진 유일한 동혈 통로를 향해 고개를 돌렸다.

한데, 뭔가 이상했다.

"채주님께서 혼자 오시던가?"

곁에 있던 수하가 고개를 저었다.

"아닙니다. 원로 어르신들이 동행하고 계실……"

"잠깐."

말을 잇던 수하를 멈추게 한 정흥채는 어둠을 지나 다가오는 기척에 점점, 눈이 커져 갔다.

'맙소사.'

정홍채는 온몸에 전율이 일 만큼 소름이 돋았다.

'소가주? 그럴 리가!'

너무 믿기지 않아 부정해 봤지만 소용없었다.

눈앞에 있는 악운은 진짜였고, 그는 조금의 지친 기색도 없이 평온한 얼굴로 다가오고 있었다.

"소……가주?"

"이곳이 순수관이군요."

나직이 입을 뗀 악운의 음성에 정홍채는 조용히 고개만 끄덕였다. 당혹스러워서 무슨 말을 해야 할지 잊은 것이다.

설마, 그가 전도를 갖고 있는 채주보다 빨리 도착할 줄은 꿈에도 예상 못 했다.

그래서일까?

정홍채는 어렵사리 말문을 열었다.

"어…… 어떻게……?"

악운이 빙긋 웃었다.

"물을 쫓아왔습니다. 길이 협소해지고, 지하수 소리가 커지는 쪽을 택했지요. 빠져나가는 길이 있다면 물이 그 길을 따라 흐르게 될 테니까요."

정홍채는 눈을 부릅떴다.

악운이 하는 말이 정답인지 아닌지는 그도 몰랐다.

이 시험을 치러 본 적이 없으니까.

그러나 물을 쫓아 채주보다 빨리 순수관에 당도했다는 것은 분명 부정할 수 없는 사실이었다. 아무 도움도 없이 어둠의 미로를 통과한 셈이다.

악운은 용이 똬리를 틀고 있는 형상으로 음각되어 있는 문을 가리켰다. 꼬리와 머리에는 작은 구멍이 뚫려 있었다.

"이제, 저 문으로 들어가면 됩니까?"

"예…… 맞습니다."

"그럼…….."

악운이 걸음을 옮기려 하자 정흥채가 황급히 그 앞을 가로막아 섰다.

"저, 잠시……."

"예?"

"저곳은 그냥 들어가실 수 없는 곳입니다."

"무슨 말씀이신지요?"

"채주께서 당도하셔야 말씀드릴 수 있습니다."

악운이 그게 무슨 말인지 의아해서 다시 입을 떼려던 순간.

악운의 뒤쪽에서 호접의 음성이 들려왔다.

"그 친구의 말이 맞네."

이미 호접을 비롯한 백해채 사람들이 오고 있었던 것을 알고 있던 악운은 크게 놀라지 않은 눈빛으로 고개를 숙였다.

"오셨습니까."

"우선 자세한 말을 하기 전에 놀랍단 말을 하고 싶구먼.

자넨, 대체……."

호접도 정홍채와 같이 크게 놀랐다.

호접뿐이 아니었다.

호몽, 나머지 부장들 그리고 오랜 세월 동안 호접의 곁을 지킨 백해채의 원로들 또한 악운이 보인 신위에 다들 경악에 휩싸여 있었다.

동도의 동혈은 모두에게 최악의 장소였다.

그런 곳을 통과한 것도 모자라 전도를 갖고 있는 이들보다 빨리 도착한 것은 아무나 할 수 있는 일이 아니니까.

호접은 놀란 마음을 추스르며 물었다.

"어떻게 우리보다 빨리 도착한 게지? 무슨, 수를 쓴 겐가? 허허."

"물을 쫓아왔습니다."

"물?"

그 얘기를 들은 호접의 눈빛이 파르르, 떨렸다.

호접은 수왕의 군사였다.

그는 수왕이 크게 아꼈던 인물이고 그렇기에 수왕이 했던 무공에 관한 수많은 말들이 여전히 선명했다. 그런데 그중 한마디가 지금 악운이 뱉은 말과 무척이나 유사했다.

─내 무공을 이해하면 순행하는 물을 이해하는 것이 쉬워 질 게야. 물을 쫓는 것도, 가르는 것도 가능해지는 게지.

수왕이 가르쳐 준 무공을 호접은 완벽히 이해하지도, 제대로 배우지도 못했다.

그것들을 이해하고 배우기에는 그의 자질이 모자랐다.

그런데……

'수왕의 전인도 아닌 이가 그와 같은 말을 한다……'

호접의 눈에 호탕하게 웃던 수왕의 모습이 악운과 투영되었다.

"굉장하군……."

진심에서 우러나온 그의 말에 호몽은 깜짝 놀랐다.

평생 동안 부친인 호접은 결코, 지키지 못할 말은 하지 않는다. 입은 늘 무거우셨고 칭찬 또한 가볍게 하지 않으셨다.

그랬기에 늘, 존경했다.

'그랬던 아버지께서 이 친구에게 경탄을 표하고 계신다라.'

호접은 이상하게 웃음이 났다.

악운을 보고 있으면 더 넓은 세상이 눈앞에 놓인 기분이 들었다.

"아들아."

"예, 아버님."

"소가주에게 순수관에 대해 설명하고, 마지막 관문으로 안내해 주거라. 열쇠는 여기 있다."

호접은 목에 목걸이로 걸고 있던 동 열쇠 한 개를 벗어 주었다.

그의 열쇠를 받아 든 호몽 역시도, 차고 있던 목걸이를 풀었다. 용의 꼬리와 머리에 각각 나 있는 두 개의 구멍에 들어가는 열쇠였던 것이다.

"두 개의 난관을 통과하신 것을 축하드리오. 굉장한 신위였고, 아버님과 나는 무척 감탄하였소."

"과찬이십니다."

"아니오. 오랜 세월 동안 순평수양의 마지막 단계에 오른 이는 단 한 사람도 없었소. 그대가 처음이지. 그런데 어떻게 대단하지 않다고 말할 수 있겠소?"

"영광입니다."

"그렇지! 그것이 맞지! 으하하!"

한차례 호탕하게 웃은 호몽은 호접이 건네줬던 열쇠를 정홍채 부장에게 건넸다.

"정 부장."

"예, 채주님."

호몽에게 열쇠를 받은 정 부장이 열쇠를 용의 꼬리 쪽에 꽂았다. 호몽 역시 용의 머리 위에 열쇠를 꽂아 넣은 후, 악운을 다시 돌아보았다.

"세 개의 관문은 본디, 수적으로서의 자질을 알아보기 위한 수양관의 역할이었소. 그러니 마지막 관문은 물과 얼마나 친밀할 수 있는지를 판단하는 요소가 됐지."

"예."

악운은 조용히, 고개를 끄덕였다.

그동안 호몽의 말이 계속 이어졌다.

"과거 수왕께서는 물과의 친밀도를 무엇으로 판단할 수 있을지를 고민하셨다고 하오. 그리고 고심 끝에 하나의 유산을 남기셨지. 한빙수룡환갑(寒氷水龍環鉀)이란 것이오."

"한빙수룡환갑……."

한빙수룡환갑이란 단어를 듣자마자 악운의 머릿속에 과거, 수왕과 나눴던 대화가 한 대목 스쳐 지나갔다.

 -내가 이 일전에서 죽는다면 내 모든 것은 나와 함께 천하에서 사라질 게다. 요놈도 함께 말이지. 그러니 나도, 내 환갑인 요놈도 볼 수 있을 때 잘 봐 두거라. 으하하!

한빙수룡환갑은 손목에 차는 고리 형태의 환갑(環甲)이다.

수갑과 같은 의미지만.

 -환갑이 더 있어 보이지 않으냐?

이름을 짓는 건 수왕의 몫이었으니까.

어쨌든 그 귀보를, 악운은 당연히 기억하고 있었다.

한동안 사라진 귀보를 찾겠다는 이들도 더러 있었던 것으로 기억할 만큼 수왕의 유산 중 최고의 것이었다.

차고만 있어도 수불침(水不侵)이 가능하며, 수왕의 무공을 더욱 강력하게 증폭시켰었던 보물이다.

하지만……

"직접 보면 알겠지만 수왕께서 남기신 유산 중에 최고의 귀보이자, 동시에 나 역시 도전하다 실패로 끝난 신물이오. 심지어 객기를 부리다 죽을 뻔했지."

"이유가 있습니까?"

악운의 반문에 호몽이 당연하다는 듯 고개를 끄덕였다.

"최고의 야장을 통해 제작된 이 신물은 자체적으로 강력한 음한지기를 내뿜는다오. 그 음한지기가 항시 몸 안에 자리 잡으니, 그것을 견뎌 낼 강인한 신체와 무공이 있어야 하지."

"이겨 내고 제대로 사용할 수 있다면 어찌 됩니까?"

"나는 모르지만 아버님을 통해 들은 이야기대로라면 수왕께서는 이 신물을 통하여 더 강력한 무공을 펼치셨고, 수불침(水不侵)에 이르셨다고 하오. 웬만한 빙공이나 음한기공은 수왕의 발치도 못 미쳤다고 하지."

"그것이 순수관의 마지막 관문이로군요. 신물을 다루는 것……."

"그렇소."

"만약, 제가 다룰 수 있게 된다면 어찌 됩니까?"

"신물의 주인이 되는 것이오. 그 누구도 아까워하거나, 원망하지 않을 것이오. 견뎌 내는 자가 가지는 것이 율법이며 수왕께서 내리신 명이었으니. 또한."

호몽의 안광이 점점 강렬해졌다.

"신물의 주인만 되는 것이 아니오."

"또 무엇이 남았는지요?"

호몽이 씨익 웃으며, 한데 모인 백해채의 일원들을 돌아보았다.

"직접 보시오. 무엇이 보이오?"

악운은 순간, 호몽이 무슨 뜻으로 그 말을 꺼냈는지 알 것 같았다.

'백해채의 협력.'

악운의 입가에도 호몽의 미소와 동일한 열망(熱望)이 피어올랐다.

"이 마지막 순수관까지 통과할 수 있다면 소가주는 우리 백해채의 영원한 신뢰와 존경을 받을 수 있을 것이며, 나아가 나 호몽의 형제가 될 것이오. 자, 어찌하겠소? 마지막 관문을 받아들이겠소?"

악운은 조금의 주저함도 없이 거대한 용문(龍門) 앞으로 걸어갔다.

"반드시, 해내겠습니다."

"그래, 그래야지."

동시에 호몽과 정 부장이 열쇠를 비틀었다.

구구구구!

이내 동혈이 울리며, 거대한 용문이 악운을 향해 열리기 시작했다.

쿵!

악운이 문으로 들어서자마자 그의 호법을 위해 다시 문이 닫혔다.

악운은 문소리에도 뒤돌아보지 않고 천장 위쪽에 달린 야명주 아래에 놓인 옥석(玉石)으로 향했다.

'오랜만이군.'

강한 한기(寒氣)가 담긴 옥석 위에 놓인 파란색의 환갑은 겉이 마치 용의 비늘처럼 음각되어 있었다.

문득 오래전 교분을 나눴던 수왕의 모습이 아른거렸다.

'돌고 돌아…… 결국 이리 뵙습니다.'

수왕의 유산이나 다름없는 귀한 보물을 손에 쥐게 될 줄은, 여길 찾아오면서도 전혀 기대하지 못했던 일이건만.

인연이란 게 참 묘하단 생각이 들었다.

스륵— 파짓!

이윽고 악운의 손끝에 닿은 환갑이 낯선 이의 접근을 거부하듯이 강한 한기(寒氣)를 일으켰다.

그러나 악운은 더 이상 지체하지 않고 환갑을 낚아채듯 감싸 쥐었다.

콱! 콰아아아!

동시에 환갑에서 푸른 아지랑이가 피어오르며 강한 냉기

가 사방으로 폭사되었다.

빠른 속도로 악운의 머리카락부터, 모든 옷깃에 얼음 알갱이들이 번져 갔다.

그러나 악운은 멈추지 않고 환갑을 각각 양손에 차고 가부좌를 틀었다.

그럴수록 환갑에서 뿜어져 나오는 냉기가 요동쳤다.

마치 환갑이 내는 시험 같았다.

'강렬해.'

이제껏 어째서 누구도 수왕의 마지막 관문을 통과하지 못했는지 알 것 같다.

이정도 극강의 냉기는 북해빙궁의 궁주가 일으키는 장력에 비견될 만했다.

그렇다고 무작정 환갑의 기운을 굴복시키려 내공을 끌어내 짓누르려 한다면 특유의 냉기가 억눌리며 환갑의 이점을 활용하지 못한다.

'음한지기를 다루는 무공을 극성으로 익힌 자여야 다룰 수 있겠어. 북해빙공의 고수였다면 천금을 주더라도 가져가려 했겠지.'

악운은 내심 환갑의 위력을 체감하며 천천히 환갑 안으로 해룡포린공의 기운을 밀어 넣기 시작했다.

-내 환갑은 내 영혼이 일부 깃들어 있느니라. 해룡포린공을

느끼는 무구인 셈이지.

　수왕이 꺼냈던 말이 스쳐 가던 그때.

　환갑에서 폭사되던 냉기가 주춤거리기 시작했다.

　환갑도 해룡포린공을 느낀 것이리라.

　'지금이야.'

　악운은 부드럽게 밀어 넣던 해룡포린공의 기운을 모조리
밀어 넣었다.

　웅! 웅!

　그러자 경계 가득했던 환갑의 기운이 해룡포린공과 뒤섞
이며 빠른 속도로 악운의 기운 안에 휘몰아쳐 갔다.

　유산은 여전히 수왕을 기억하고 있었다.

　수왕의 말이 옳았다.

＊

　구구구……!

　문과 이어진 동혈 천장이 작게 요동쳤다.

　푸스스.

　돌가루들이 바닥 아래로 떨어지며, 호몽이 눈을 빛냈다.

　"시작됐나 봅니다, 아버님."

　"그래, 그런가 보구나."

"이만 돌아가시지요. 소가주의 호법은 저와 부장들이 지키고 서 있겠습니다."

호접은 단호히 고개를 저었다.

"아니다. 평생 수왕과 함께 죽지 못했음이 한이었던 내게 있어, 수왕이 인정했던 무신의 후예가 나타났다는 것은 평생 잊지 못할 일이 될 게야. 그가 수왕의 유산까지 인정받게 된다면…… 이제 이 아비는 수왕께서 남기신 유언을 모두 이룬 셈이다."

"아버님……."

"그 무거운 중책을 벗게 되는 날이 될지도 모르는 오늘, 어찌 자리를 뜰 수 있겠느냐."

담담했지만 절절한 울림이 담긴 호접의 대답에 호몽은 더이상 그를 말릴 수가 없었다.

호몽은 호접의 주름살 가득한 얼굴을 그윽한 눈으로 바라봤다.

"알겠습니다. 하면 아버님의 곁을 소자 역시도 지키겠나이다."

호접이 호몽의 손을 잡았다.

"고맙구나.."

"아닙니다. 한데 소가주가 과연 잘해 낼 수 있을까요."

"모를 일이지. 하나 쉽지는 않을 게다. 오랜 기다림의 시간이 될 게……."

호접이 깊어진 눈빛으로 말을 잇던 그때였다.

구구구!

갑작스럽게 악운이 들어갔던 철문이 열리기 시작했다.

호몽의 눈이 번쩍 뜨였다.

"벌써?"

그뿐이 아니라 부장들과 원로들 역시도 웅성거렸다.

"그럴 리가!"

"혹여 사달이라도 난 것은 아닌가!?"

웅성인 수뇌부들 사이로 호접이 눈을 빛냈다.

"다들 동요하지 말거라! 몽아!"

"예. 아버님."

호몽이 무슨 일인지 알아보기 위해 열리고 있는 문으로 걸음을 옮겼다.

하지만 그는 몇 걸음 걷지 않아 제자리에 멈추고 말았다.

어느새 악운이 용문(龍門)을 밀어내며 건재한 모습으로 빠져나온 것이다.

더 놀라운 건 입고 있던 상의가 넝마가 되었다는 것 말고는 아무것도 달라진 게 없다는 점이었다.

호몽은 넋을 잃을 만큼 놀랐다.

'맙소사.'

수왕의 유산마저 단숨에 뛰어넘을 줄은 꿈에도 예상 못 했건만……

할 말을 잃고 선 그에게 악운이 먼저 다가왔다.

"괜찮으십니까? 식은땀이 나십니다."

"그건 힘든 시련을 이겨 낸 소가주에게 내가 건네야 할 질문 같지 않소?"

"그것도 그렇군요. 하하!"

머쓱한 듯 웃음을 흘리는 악운을 보면서 호몽은 도저히 그가 죽음의 위기를 지나왔다는 것을 믿기 힘들었다.

'소가주의 그릇은 내가 감히 가늠할 수 없는 평가할 수 없을 정도야. 적으로 두지 않는 것이 다행일 지경이다.'

호몽은 새삼 그의 역량을 절감하며 정식으로 포권을 취했다.

"수왕께서 남기신 유산을 얻은 것을 경하하오."

호몽의 뒤에 자리 잡은 부장들이 동시에 포권을 취했다.

"경하하오!"

모두의 경외 담긴 시선 가운데, 호접이 뜨거운 눈으로 악운을 응시했다.

"어찌 해냈는가?"

악운은 이 모든 시험들을 해내며 떠올렸던 수왕의 말들을 되새겼다.

수왕의 기억이 아니었다면 쉽지 않았을 시험이었으리라.

그래서일까?

그의 질문에 대한 대답으로 적합한 말이 떠올랐다.

악운은 푸른 비늘처럼 빛나는 두 개의 환갑을 내보이며 대답했다.

"수왕께서 남기신 목소리를 들었습니다. 이 안에 영혼을 함께 두셨다고…….."

그 순간 호접의 눈가에 눈물이 맺혔다.

"……주책이로군."

황급히 닦기는 했지만 호접은 분명 울고 있었다.

악운은 그저 조용히 그의 다음 이야기를 기다렸다.

호접이 오랜 세월 무슨 마음으로 이곳을 지키며 버텨 왔는 지, 같은 시대에 살았던 천휘성의 영혼이 그 누구보다 잘 기 억하기에.

오랜 침묵 끝에 호접이 다시 말문을 열었다.

"말없이 기다려 주어 고맙네."

"어설픈 위로보다 나을 것 같았습니다."

"자넨 참 나이답지 않게 현명해. 자네가 애늙은이인 건 아 마 인정해야 할 걸세. 물론 좋은 의미일세. 허허!"

작은 웃음으로 화답한 악운에게 호접이 담담히 그간의 소 회를 털어놨다.

"오랜 시간 수왕의 뜻을 지키고자 사력을 다했네. 그리고 점점 내 죽음의 끝이 다가오는 것이 느껴질수록 이 끝을 어 찌 마무리해야 하는지가 내게 남은 가장 큰 짐이었지."

호접의 눈에는 작은 어둠이 물러가고 밝은 빛이 가득한 백 해채의 모습이 보였다.

"오랜 세월 젊은이들의 야망과 패기를 억누르고, 백해채의 운명을 지켜야 한다는 명분으로 살게 했네. 하지만 이제 내 시대는 갔고, 산동악가가 여는 새 시대가 찾아왔으니 달라져야겠지……."

호접이 뜨겁게 웃었다.

"수왕께서 남기신 유언의 짐은 내 대에서 끝이 났음이야. 자, 이제……."

호접이 함께 있는 원로들과 부장들을 돌아보았다.

그들의 용맹스럽고 패기 가득한 눈빛은 과거 자신의 젊은 날과 닮아 있었다.

"모두 소가주와 함께 결속하여 새 시대의 풍랑에 대비해라. 알겠느냐!"

호몽을 비롯한 백해채 모두가 일제히 부복하며 소리쳤다.

"현명하신 태상 채주의 명을 따릅니다."

"태상 채주의 명을 받들겠나이다."

수많은 목소리들의 울림 속에서 호접은 기분 좋게 눈을 감았다.

저 멀리에 수왕이 웃고 있는 게 보였다.

형님…… 소제, 이제야 갑니다.

호접은 점점 뜨거워지는 영혼의 울림을 느끼며 천천히 눈을 감아 갔다.

그러고는 장내에 고요가 찾아왔다.

얼마쯤 흘렀을까?

고개 숙이고 있던 호몽이 믿기지 않는 눈으로 호접을 올려
다보았다.

"아버님?"

호몽의 부름에도 호접은 그저 목석처럼 서 있을 뿐이었다.

방금 전 젊은 날의 호접이 살아 돌아온 듯한 강렬한 패기
와 열기도, 더는 호접의 곁에 없었다.

주변에 남은 것이라고는 차디찬 냉기뿐이었다.

곁에 있던 악운이 호몽의 곁으로 다가와 나직이 입을 열
었다.

"어르신께서는…… 운명하셨습니다."

"알고…… 있소."

호몽은 터져 나오는 울음을 꾹 누르며 대답했다.

그렇게 오랜 세월 백해채를 지켜온 수호자는 새로운 시대
를 바라보며 생을 마감했다.

우경전장에서 오경회(五暻會)의 긴급 회동이 열렸다.

"사절단으로 갔던 정 당주가 억류된 것 같군. 일이 급하게
돌아가는 모양이야."

노일평의 눈빛에 잠깐 살의가 스쳐 지나갔다.

반면 하공인은 대놓고 적의를 드러냈다.

"산동악가 놈들은 이제 우리에게 이빨을 드러낸 것이나 다름없소! 내가 뭐랬소? 놈들의 기세를 단번에 꺾어 놔야 한다 하지 않았소?"

길길이 날뛰는 하공인을 보며 이번 묘책을 냈던 번겸은 조용히 수염을 쓸어내리고 있었다.

'제법이란 말이지.'

대략 알고는 있었지만 전장을 이끌고 있는 총경리 유준이란 작자의 수완이 무척 교활했다.

과감한 데다 어디로 튈지 모르는 두뇌 회전이었다.

소란스러운 가운데 번겸이 입을 열었다.

"놈들은 속도전으로 방향을 튼 게요. 최근 놈들의 행보를 보시오. 정 당주를 억류하여 우리가 그를 기다리며 경거망동하지 못하게 했고, 그사이에 성하표국을 습격하여 정보를 캐냈소. 그다음에 우리와 천룡채가 거래하는 모든 상륙 지점도 습격해 버렸지."

그간 일어난 일들은 그야말로, 폭풍 같은 움직임이었다.

이를 통해 천룡채는 지상으로 이어지는 대부분의 보급로가 끊겨 버렸고, 우경전장도 천룡채와 거래하던 모든 밀거래 사업을 잠시 접어야만 했다.

"놈들은 우리의 밀거래 품목을 명분 삼아, 우리가 천룡채와 손을 잡지 못하게 끊어 놓은 것이오. 아울러 천룡채의 보급로도 차단한 셈이지. 하지만 이상한 것이 있소."

노일평이 넌지시 물었다.

"무엇인가?"

"분명히 정 당주는 우리가 논의한 대로 놈들에게 배를 대주고, 성공할 시 전장의 이권도 넘겨주겠다고 했을 것이오. 말을 듣지 않았을 테니 어르고 달래기도 했겠지. 한데 배 한 척 없는 놈들이 기어코 이빨을 드러내며 우리의 제안을 거절했단 말이오."

"그게 뭐 어쨌다는 겐가! 그저 오만방자할 때까지 놔둔 게 실수였던 것이야!"

"부회주께서는 잠시 내 말을 들어 보시오. 아무리 생각해도 이상하잖소? 놈들은 배의 건조는 물론 제대로 된 선원도 없는 마당에 장사성과 우리를 도발하고 있소이다. 우선 놈들의 의도부터 알아봐야 하오."

조용히 지켜보고 있던 노일평이 고개를 끄덕였다.

"일리 있는 얘기일세. 우선 놈들의 속부터 들여다봐야겠지. 놈들이 배의 건조와 관련된 다른 활로를 찾았는지 이 잡듯 뒤져 보도록 하세. 그리고 공동과 청성에 연통을 보내 정 당주가 풀려날 수 있게 산동악가에게 압박을 넣어 달라 하겠네."

"그럼 다른 방향성도 고려해 보시는 것이 어떠하시오?"

"다른 방향성?"

노일평의 반문에 번겸이 광기 가득한 눈빛으로 씨익 웃었다.

"정 당주를 자릅시다. 놈들이 정 당주를 정당한 명분으로 억류하는 것과 죽이는 건 다른 문제라 이 말이오."

육우가 무릎을 탁 소리가 나게 쳤다.

"옳거니! 놈들의 근거지에서 정 당주가 죽게 되면 당연히 세간의 이목은 놈들이 정 당주를 이권 싸움에 희생시킨 것으로 보이게 할 터! 공동과 청성이 이 일에 발을 들이기에 충분한 명분이 될 것이오."

노일평이 길게 기른 수염을 쓸어내리며 중얼거렸다.

"정 당주를 희생시켜 놈들의 꾀를 역으로 이용한다? 나쁘지 않은 생각이로군. 한데 그곳은 현재 용담호혈이 되었을 터인데, 이 일을 맡을 만한 자객이 있겠나?"

번겸이 낄낄댔다.

"멀리서 자객을 찾을 필요가 뭐가 있겠소? 최근 청성은 세를 확장하기 위해 수많은 자객들과 자객단을 은밀하게 받아들였소. 후한 보상만 준다면야 우릴 위해 나서 줄 게요."

하공인이 그제야 호탕하게 웃었다.

"마음에 드는 제안일세! 회주, 그렇게 진행합시다! 회를 위한 대의인데, 정 당주도 이해하지 않겠소이까!?"

노일평이 깊게 가라앉은 눈빛으로 조용히 고개를 끄덕였다.

"그러세."

제녕의 상황은 급박하게 돌아가고 있었다.

그에 따라 산동상회의 장 회주가 유준을 돕기 위해 급히 달려왔다.

새벽녘. 아직 어둠이 깔린 장내에 총경리 유준을 비롯해 신 각주, 유 대주, 백 대주, 장 회주, 호사량이 모였다.

물론 현비와 양경도 있었지만 두 사람은 대부분의 일에서 논외였다.

유준이 본격적인 회의를 이어가기 전에 말했다.

"현 소저야 외인이니 그렇다 쳐도, 양 대인께서는 이번에 도 피곤하다며 참석하지 않으시겠다고 하오. 소가주가 도착 할 날만 손꼽는 모양인지……."

모두가 웃거나 담담하게 넘겼다.

양경이 제멋대로 구는 일이야 하루 이틀도 아니었다.

양경의 이야기로 잠시 웃음기가 돌았던 것도 잠시, 장내의 분위기가 다시 차가워졌다.

"모두 아시겠지만 예상대로 우경전장의 분위기가 심상치 않게 돌아가고 있소. 그들과 연관 있는 모든 상단과 거래처 들이 우리와 거래를 끊었고, 건조를 맡아 줄 장인들 역시 모 조리 빼앗겼소."

그에 말이 끝나자마자 기다렸다는 듯 장 회주가 말문을 열었다.

"총경리의 말이 맞소. 백방으로 거래를 트려 하였으나 대부분의 건조 선박들은 우리 가문과의 거래를 거절했소. 우경전장의 압박이 있었던 것으로 보이오. 그래도 약조했던 대로 건조에 필요한 질 좋은 목재는 장원과 제녕항에 나눠 운송했고, 나머지 역시 수일 내로 도착할 것이외다."

유준이 고개를 까딱였다.

"마냥 나쁜 소식만 있진 않아서 다행입니다. 악가상천대와 악가뇌혼대가 맡은 토벌 임무 역시도 성공적으로 마무리되어서 놈들이 약탈로 잡아들인 무고한 민초들이 풀려날 수 있었으니……."

신 각주가 말을 보탰다.

"그로 인한 이익도 상당하네. 민초도 풀어 준 데다가 놈들이 지상으로 보내던 상당량의 약재, 소금, 곡식 등을 전리품으로 획득했네."

유준이 빙긋 웃었다.

"흡족한 일입죠. 아마 인신매매 사업을 제외한 나머지 품목은 대부분 우경전장의 소유일 겁니다. 운송해 주는 대가로 일부 이권을 챙기려 하겠지요."

유예린이 눈을 날카롭게 빛냈다.

"이제부터는 놈들의 반격이 시작될 거예요. 여덟 척의 배를 노획한 데다, 세 곳의 상륙 지점에서 놈들과 거래하던 암상

열 명의 창고까지 습격했으니까요. 단단히 준비해야 해요."

듣고 있던 백훈이 턱을 쓸어내렸다.

"유 대주의 말대로라면 가문의 가솔들이 더 필요할 것 같은데…… 아니오?"

"네, 저는 그리 보고 있어요."

유준이 희미하게 미소 지었다.

"그렇지 않아도 이미 가주님께 동호단의 가솔 지원을 요청 드렸소. 머지않아 동호단도 제녕에 당도할 것이오. 남은 건, 그들이 어떤 방식으로 우리를 노릴 것인가에 대한 대책이오."

침묵하던 호사량이 입을 열었다.

"천룡채의 수송로가 타격받았으니 지금쯤 우경전장은 다른 방도를 택할 것이오. 아마도 공동이나 청성을 움직일 명분을 찾고 있겠지."

백훈이 물었다.

"무슨 명분으로?"

유준이 피곤으로 인해 전보다 초췌해진 안색으로 대답했다.

"명분이야 많지. 수적 토벌, 혹은 우경전장과의 갈등 중재, 어느 쪽이든 우경전장에 도움되는 쪽으로 개입을 하려 들 거야. 우린 그걸 미리 예측해야 해."

호사량이 유준의 말에 이어 의견을 제시했다.

"최우선으로 해야 할 일은 제녕항의 방비라고 생각하오. 소가주가 어떤 묘수를 낼지는 모르겠지만, 늘 약조를 지켜

왔던 그간의 경험으로 비추어 보아 가능한 일이니 장담했을 것이오. 그러니 그가 도착할 때까지 건조를 위해 모이는 모든 자재를 지켜야 하오. 자재가 타 버리면 장인이 와도 배는 건조할 수 없소."

"부각주의 말이 옳소. 그래서 나 역시 모든 엽보원의 가솔들을 중요한 거래처와 항구에 포진시키는 중이오. 하지만 그것으로는 부족할지도 모르겠소."

유준의 눈빛이 깊어졌다.

우경전장과 천룡채.

이 두 세력은 이미 독이 오를 대로 올랐다.

방심은 금물이다.

"그들이 과격한 움직임을 보일 수도 있으니 말이오."

유예린이 눈살을 찌푸렸다.

"대놓고 적의를 드러내지는 못할 거예요. 우경전장이 만약 공동이나 청성을 통해 움직인다면 암습 정도가 있을 수 있겠죠. 하지만 그것 역시 부담이 클 거예요. 다른 정파 세력으로부터 지탄을 받고 싶지 않을 테니까요. 그러니 어쩌면……."

그 얘기를 들은 호사량의 눈빛이 사납게 번뜩였다.

"우경전장을 돕기 위해 천룡채가 직접 움직일 수도 있소. 개인적 원한도 쌓일 만큼 쌓였고."

점점 생각이 깊어져 가던 호사량이 자리에서 벌떡 일어났다.

"우리 가문의 지원이 도착하기 전이야말로 천룡채가 이곳을 습격하기 최적의 시점이오!"

그 말이 끝나기 무섭게 문 밖에서 빠른 속도로 다가오는 기척이 느껴졌다.

"대주님!"

부대주, 성균의 음성이 들려왔다.

유예린이 서둘러 자리에서 일어나 문을 열어 젖혔다.

"무슨 일이죠?"

"일백여 척이 넘는 배들이 빠른 속도로 제녕항을 향해 다가오고 있다는 전갈이 왔습니다. 천룡채로 보입니다."

소식을 들은 유예린이 천천히 수뇌들을 돌아봤다.

"이미 시작된 것 같군요."

백훈이 뒤따라 자리에서 일어나며 검을 고쳐 쥐었다.

"이런 식으로 전면전을 치를 줄은 몰랐는데 말이야."

"장사성은 새로운 장강수로채를 세울 거라는 얘기까지 있을 만큼 이미 주변의 모든 수로 패권을 장악한 강한 자야. 우경전장에서 준 정보를 통해 어느 정도 우리의 전력을 알고 오고 있을 테고. 물 위가 아닌 지상을 택한 건……."

호사량이 유준의 말을 대신 이어 붙였다.

"승산 있는 싸움이라고 확신했을 테지. 이미 이곳에 소가주가 없다는 것도 확인한 것일 수도 있어."

유예린의 표정에 냉기가 흘렀다.

"그럼 소가주만 가문의 전력이 아니란 걸 보여 줘야겠군요."

백훈이 어깨를 으쓱였다.

"내 말이 그거요."

이윽고, 앞서 나가는 유예린의 뒤로 각 부처의 수장들이 따라 나섰다.

⊱⊰

쿠쿵!

다섯 척의 배가 정박함과 동시에 각 배에서 선교(船橋)가 내려왔다.

배의 추돌을 고려해 백 척 중 나머지 배는 그리 멀지 않은 지점에 멈췄다.

대신 각 배에 달린 소선(小船)을 통해 수십 명의 수적들이 빠른 속도로 제녕항에 상륙하기 시작했다.

"영리하군."

항구에 도착한 장사성은 공사 중이었던 항구 주변을 둘러봤다.

예측대로라면 이 주변에는 배의 건조를 위한 자재가 수북이 쌓여 있어야 했다.

그의 곁에 있던 부채주, 하태청이 날카롭게 눈을 빛냈다.

"저희가 상륙해 오는 것을 보고 자재부터 전장 거점에 옮겨 놓은 것이 분명합니다. 장원을 뒤에 두고 항구 주변에 배수진을 칠 가능성이 높습니다."

"그래, 내가 보기에 그래 보이는군."

"척후조부터 보내겠습니다."

"그럴 거 없네. 놈들도 우리가 오는 것을 알고 있으니 인원이 전부 상륙한 후에 동시에 진군할 걸세. 높은 파도일수록 일거에 쓸리기 마련이니."

장사성은 한 번의 진군으로 쑥대밭으로 만들겠다는 각오였다.

그 의중을 눈치챈 하태청이 깊게 고개를 숙였다.

"분부 받들겠나이다."

"우경전장 측에서도 이번 일을 그저 눈감아 주겠다고 했으니 구출 계획 따위는 없네."

"예."

하태청의 입가에 서늘한 살의가 맺혔다.

"늘 해 왔던 대로 도심의 여자와 아이는 잡아 가두고, 노인은 죽이고, 쓸 만한 사내놈들은 노잡이 노예로 데려가는 것으로 아시게. 그 외에 것은……."

장사성이 근엄한 눈빛으로 도심이 있는 곳을 향해 돌아섰다.

"싹 다 죽이고 불태워서 지상에 천룡채가 왔음을 알리게나. 우리의 목적은 제녕의 혼란이니."

호사량은 빠르게 신법을 펼치며 급히 세운 전략을 함께 달리고 있는 수뇌들과 공유했다.

"항구로 통하는 길목은 총 세 곳. 세 곳 중에 단 한 곳이라도 뚫리게 되면 곧장 민가까지 들어설 게요. 놈들이 민가를 약탈하게 해서는 절대 아니되오! 유 대주께서는 악가상천대의 절반을 데리고 그리로 가 주시오. 현 소저는 유 대주께 힘이 되어 주셨으면 하오!"

"명주(名酒) 대접도 없이 너무 일만 시키는 거 아니에요?"

현비가 투덜대면서도 자연히 유예린의 곁으로 나란히 달렸다.

유예린이 생긋 웃었다.

"고마워요, 현 소저!"

"알면 술 한 병 사 줘요!"

두 사람을 필두로 한 악가상천대의 절반이 달려가던 무리에서 떨어져 다른 방향으로 이동했다.

뒤이어 호사량의 시선이 부대주인 성균과 다흑에게로 향했다.

"부대주들은 나머지 악가상천대와 산동상회의 무사 가솔들을 이끌고, 어물전 거리로 가 주시오. 책임자는 성 부대주로 하겠소!"

"알았소!"

"악가뇌혼대의 좌의장이 길이와 함께 성 부대주께 합류하시오!"

서태량이 고개를 끄덕였다.

"알았소! 길아!"

"네!"

또다시 전력의 절반이 썰물처럼 빠져 다른 곳으로 이동했다.

동시에 호사량이 백훈과 유준을 비롯한 모든 가솔에게 소리쳤다.

"우린, 기루 거리로 향한다!"

호사량은 장원의 방비도 없이 대부분의 전력을 끌고 나온 것이 신경 쓰이기는 했지만, 장원에 남은 장설평과 신 각주 그리고 양경을 믿기로 했다.

지금으로써는……

'다른 수가 없다.'

그만큼 놈들의 행보는 민첩했고, 과감했다.

꧁꧂

제녕의 한 거리.

호리병을 허리께에서 꺼내 든 노인이 술을 들이켰다.

꿀꺽. 꿀꺽!

아무 표식 없이 검은 무복을 입은 노인은 한참 동안 술을 마시고 나서야 호리병에서 입을 뗐다.

그사이에 골목 곳곳에서는 검은 복면을 쓴 자객들이 하나 둘 걸어 나와 그의 앞에 부복했다.

"끝났느냐."

노인이 근엄한 눈빛으로 자객들을 내려다봤다.

"예, 장로님. 장원에 있던 대부분의 고수들이 채비를 마치고는 수적 놈들을 상대하고자 장원을 빠져나간 것을 확인했습니다."

"오냐, 남길이 너도 응당 네 사형의 복수를 해야 하지 않겠느냐?"

"당연한 말씀이십니다."

"클클, 기세가 좋구나."

노인이 말을 건 사내는 놀랍게도 청성팔검협(靑城八劍俠)의 일 인인 남길이란 일대제자였으며, 동시에 황정의 사제였다.

어느새 청성파의 정예가 제녕의 도심지에 숨어들어 있었던 것이다.

그러나 남길의 등장은 여기 모인 전력의 일부에 불과했다.

진짜 전력은 바로……

"자, 어디 놀아 보자꾸나. 오늘 우리는 청성의 제자가 아니라 만월의 빛에 스며든 그림자가 될 것이니라."

노군각(老君閣)의 각주, 휘평잔군(揮平殘君) 벽송자였기 때문이다.

천하오절(天下五絶)의 두 사람이 제녕에 모인 폭풍전야의 순
간이었다.

～

장설평은 장원의 모든 문을 걸어 잠그고는 싸울 수 있는
가솔들을 결집시켰다.

"모두 보냈나?"

"예, 회주님. 장원에 있는 모든 마차와 수레를 동원해 비
무장 가솔들을 대피시켰습니다."

"알겠네. 그럼 우린 혹시 모를 변수를 대비해 장원의 대문
에 결집하여 싸울 것일세."

"예."

하명을 마친 장설평은 검을 고쳐 쥐었다.

나백과의 일이 있고 난 후부터는 쉬지 않고 검을 수련해
왔다.

'대비하고 있길 잘했어.'

사실 웬만해서는 수적들이 이곳에 당도하지 않기를 바라
고는 있었다.

수적들이 당도했다는 말은 장원을 빠져나간 전력들의 배
수진이 뚫렸다는 의미였고, 가솔의 죽음을 뜻하는 것이기도

했으니까.

그때였다.

상황과 어울리지 않는 하품 소리가 장설평의 뒤쪽에서 들려왔다.

"흐아암, 뭐가 이리 소란스럽더냐? 소가주 놈이라도 도착한 게야?"

"아닙니다."

"그럼?"

"수적들이 제녕항에 당도했습니다."

"쯧, 귀찮게들 구는…… 잠깐, 제녕항이라고?"

"예."

"그래서 바글거리던 너희 가문의 쥐새끼들이 전부 제녕항으로 빠져나간 게야?"

"맞습니다."

동시에 양경의 주름살이 더 깊게 파였다.

"왜 그러십니까, 어르신?"

"그럼 이 주변에 당도한 놈들은 뭔데?"

장설평은 눈을 부릅떴다.

"대체, 누가……?"

동시에 기척을 숨기고 있던 수십의 자객이 담벼락 위로 모습을 드러냈다.

돌아온 소가주

양경은 장원에 난입한 자객들을 보자마자 호사량과 나누었던 대화가 스쳐 갔다.

　-어르신.
　-왜 또 그러느냐. 이번엔 또 무슨 일로 귀찮게 굴려고?
　-다름이 아니라…… 큰 풍파가 장원에 미칠 수도 있지 않을까 합니다.
　-풍파?
　-예. 그런 일이 없었으면 좋겠지만 만약 제녕항으로 몰려오는 수적이 다른 목적을 위한 것이라면……. 장원이 시끄러워질 수도 있습니다.

-그래서 어쩌라고?

-그냥 그렇다는 말씀입니다.

-영악한 놈! 나더러 수문장 역할이라도 해 달라 이 말이더냐!

-아뇨.

-그럼?

-소가주가 당도할 때까지 어르신을 귀찮게 구는 놈들이 있을 거라고 말씀드리는 겁니다. 귀찮은 게 세상에서 제일 싫으신 분이시잖습니까?

-네놈 세 치 혀를 언젠가는 뽑아 줄 날이 있을 게다.

-하하!

"그놈 말대로 됐구나."

양경은 짜증스럽게 수염을 쓸어내렸다.

보이는 놈만 수십, 외관상 봐도 수적 놈들로는 보이지 않았다.

하지만……

"저놈은 조금 마음에 드는군."

호적수를 기꺼워하는 천성을 본능적으로 자극시키는 자가 느껴진 것이다.

양경은 두 자루가 한 쌍인 총청검을 전부 뽑아 든 후에 장설평을 불렀다.

"어이."

"예, 어르신."

"흩어지지 말고 방어진을 펼쳐라. 장원에 남아 있는 놈들이 일대일로 상대하기에는 버거운 놈들이다. 살아남는 건 네놈들이 알아서 하도록 하고."

"어르신께서는 그럼……?"

"자잘한 설명할 시간이 없을 텐데?"

이미 자객들은 담을 넘어 파도처럼 달려오고 있었다.

같은 시각.

항구 쪽은 순식간에 도심 길목이 가득 메워졌다.

"한 놈도 빠짐없이 죽여라!"

기루로 통하는 길목엔 수백 명이 넘는 수적들이 몰려오고 있었지만, 산동악가 측은 이백도 채 안 되는 숫자로 골목을 틀어막고 있었다.

호사량이 격돌하기 직전 소리쳤다.

"악가혼평진을 펼쳐라. 소군은 나와 백 대주 그리고 우의장이 맡는다!"

호사량은 실력이 낮은 유준은 금벽산을 보좌하는 자리에 세우고, 악가혼평진의 핵심인 소군을 셋으로 나눴다.

'저들에 비해 우리 인원이 턱없이 적어. 가솔들의 조직력으로 승부해야 한다.'

다행인 건 대대에 합류해 있는 엽보원도 그간 악가혼평진을 수련해 왔단 점이었다.

합심하여 악가혼평진을 구사하는 데 크게 어려움은 없었다.

부우웅!

금벽산이 뿔피리를 불자 그가 이끄는 가솔들이 좌익(左翼)의 소군이 되었다.

동시에 전황을 보는 호사량의 눈빛이 매서워졌다.

"백 대주! 전방의 선봉대를 맡아! 중열은 네게 맡긴다!"

"오냐, 약골아!"

"흥분하지 말고 자리를 고수해!"

"나도 알아!"

중열을 맡은 백훈과 함께 마침내 수적과 그들이 격돌했다.

채채채채채챙!

사방에서 병장기가 부딪치며 불꽃이 튀고, 처절한 비명이 사위를 메웠다.

"크악!"

"죽어라!"

호사량도 우익(于翼)으로 움직이며 뒤를 따르는 가솔들에게 외쳤다.

"협소한 길목을 막고 선 이점을 유지해야 한다! 우린 대열이 흐트러진 중열과 좌익을 보좌하며 유동적으로 움직이도록 한다!"

악가혼평진에 따라 나뉜 세 개의 소군이 밀려드는 수적들을 효과적으로 막아 가기 시작했다.

ᪿ

장사성은 난전 속에서 팔짱을 끼고 있었다.

그가 보낸 수적은 악가혼평진에 발이 묶여 쉽게 전진하지 못했다.

넓은 부지의 항구부터 싸움을 시작한 게 아니라 골목이 협소한 시가전을 택한 건 영리한 선택이었다.

"수장 역할을 하는 저놈이 호가인가 보군."

"예, 회회검사라 불리는 보현각의 부각주입니다. 소가주와 자주 동행하며 가문의 대외적인 일을 처리한다고 들었습니다."

무장한 하태청이 그의 곁에서 대답했다.

"놈의 목을 가져가면 어떨 것 같나."

섬뜩한 장사성의 한마디.

그러나 하태청은 늘 있는 일인 것처럼 태연하게 반응했다.

"악가에는 압박을 주고, 우경전장에게는 저희 천룡채의

위상을 보여 줄 전리품이 될 테지요."

장사성이 손에 쥔 언월도로 바닥을 쿵 내려찍으며 대답했
다.

"마음에 드는군."

장강의 사자동인(師子銅忍)이 움직이기 시작했다.

같은 시각 유예린은 민가로 통하는 저잣거리에서 싸우고
있었다.

그녀는 오랜 세월 형부의 절학과 부친의 절학을 다채롭게
사용해 왔다.

유원검가(儒援劍家)의 검법인 유원상검(儒援翔劍)과 곤륜파의
절학이 깃든 태허보(太虛步)가 그랬다.

두 무공은 심법이 다름에도 상충되지 않아 조화롭게 펼칠
수 있었고, 덕분에 가문의 심법은 기초 심법까지만 익히고
이후부터는 형부의 것을 익혀 왔다.

운이 좋았다.

가문과 형부의 절학은 조화로운 데다 정말 뛰어났으니까.

콰콰콰콰!

태허보를 통해 적들의 병장기를 회피한 그녀는 크게 힘들
이지 않고 소용돌이 같은 검풍을 일으켰다.

순식간에 다섯 명의 수적이 반항 한번 못해 보고 제자리에 쓰러졌다.

　쿵, 쿵!

　그녀의 뒤를 따르던 악가상천대가 더욱 소리를 높였다.

　"대주께서 선봉에 서신다! 대주를 따르라!"

　사기가 드높아지던 그때.

　구릿빛 근육질의 곰 같은 사내가 수적들 사이에서 훌쩍 뛰어올랐다.

　"어림없느니라!"

　유예린은 정수리를 내리찍는 두 자루 도끼를 힐끗 쳐다본 후 맞부딪치지 않고 한 발자국 물러났다.

　쾅!

　내려찍힌 도끼가 땅에 깊은 흔적을 만들어 냈다.

　사내는 멈추지 않고 돌진했다.

　유예린의 검도 더는 피하지 않고 사내의 도끼에 부딪쳐 갔다.

　퍼퍼퍼퍼펑!

　빠른 속도로 부딪치는 난타전 속에 광복의 눈이 희번덕거렸다.

　"크하하! 곤륜이더냐? 잘되었다! 과거의 원한을 갚아야겠구나!"

　부채주 광웅마(狂熊魔) 광복이 실로 즐겁다는 듯 목젖이 보이도록 광소를 터트렸다.

동시에 유예린의 눈에 이채가 흘렀다.

'놈이 내 움직임을 알아본다? 이미 전에 견식해 봤던 무공이란 얘기일 터! 하지만 쉽진 않을 거다!'

그녀는 곤륜과 유원검가 둘 모두의 맥을 이은 존재.

곤륜의 무공을 견식한 적이 있는 상대라도 유원검가의 검은 변수로 작용할 수 있었다.

서걱!

그녀의 손안에서 반바퀴 회전한 검이 순식간에 광복의 왼팔을 베고 지나갔다.

그런데 그때였다.

왼팔이 베여 물러날 줄 알았던 광복이 오히려 그녀의 검역으로 돌진했다.

'저건……!'

유예린의 눈에 광복을 벤 검흔(劍痕)이 스쳐 지나갔다.

검흔은 그녀가 예상했던 깊이보다 덜 베였다.

'철포삼(鐵布衫)?'

가끔 내공보다 외공에 특화된 고수가 있다.

철포삼은 그런 고수들이 이르는 경지 중 하나였다.

도검불침의 경지는 아니어도 그에 준하는 견고함을 자랑한다.

'처음부터 내 검역에 들어오기 위해 이것을 노렸어.'

예상을 증명하듯 놈은 모든 도끼를 버리고는 손을 뻗어 왔다.

거리를 좁힐 참이었던 것이다.

콰악!

순식간에 간극이 좁혀진 찰나.

광복이 그녀의 허리를 두 팔로 감싸안 듯 결박했다.

콰드드득!

동시에 광복의 양팔이 커다랗게 부풀며 어마어마한 신력이 유예린의 허리에 쏟아졌다.

"크하하! 당장 네년의 가느다란 허리를 꺾어 주마!"

오래 전 곤륜의 제자를 약탈하려다 죽기 직전까지 내몰렸던 기억은 유예린을 향한 살의에 희열을 느끼게 하기 충분했다.

이제 머지않아, 강력한 힘으로 이 연약한 것의 허리를……!

"끝인가?"

광복의 귓가로 유예린의 서늘한 음성이 들려왔다.

조금의 동요도 없는 그녀의 목소리에 광복의 눈빛에 당혹스러움이 스쳐 지나갔다.

'말도 안 돼!'

두 자루 도끼로 펼치는 부법(斧法)과 신법은 그저 거리를 좁히는 수단일 뿐, 그의 절학은 늘 강한 신력을 통해 상대를 제압하는 철명공(鐵冥功)이었다.

강한 내공을 가진 이라도 신체가 훼손되면 조화롭던 내외의 그릇이 깨지는 법.

'살려 달라 울부짖어야 하건만!'

믿기지 않는 현실에 광복은 더욱 강한 힘을 일으켰다.

가진 모든 내공이 철명공으로 치환되어 만근의 거력을 일으키게 도왔다.

"내가 패배할 리가 없다!"

광복은 이가 갈릴 정도로 더 강력한 힘으로 유예린이 옭아맸다.

우드드득!

뼈가 갈리는 듯한 소리가 났다.

'그래, 이거다! 이래야……!'

다시 웃음기를 되찾으려던 그때, 광복의 눈에 서서히 뒤로 밀리기 시작한 두 팔이 보였다.

뼈가 갈리는 소리는 더 강한 힘에 밀리기 시작한 광복의 두 팔에서 나던 소리였던 것이다.

'어……째서?'

눈을 부릅뜬 광복과 달리, 유예린은 이마에 핏줄이 불거진 채 더욱 강력해진 내공을 끌어냈다.

웅, 웅!

'전과 달라.'

음양개정단(陰陽開靜丹)을 복용한 후 그 경지가 달라졌다.

신체가 더 나은 경지를 위해 또 한 번 크게 급성장하게 된 것이다.

그건 그간 가문의 지원을 통해 지속적인 내공 성장과 다양한 전투 경험을 쌓아 온 그녀에게 새로운 '계기'가 되어 주었다.

　-더 크게 번성하기 위해서는 때로 강한 응집이 필요한 때가 있는 법일세.

진풍도장께서 남긴 고언(高言)이 그 계기에 맞춰 그녀에게 접목된 것은 당연한 수순이었다.

'곤륜의 내공은 고고하고, 거세다. 격류(激流)의 거센 유연함은 막혔던 둑이 한 번에 터졌을 때 더 강성해지는 법.'

오랜 시간 수련해 온 곤륜의 중청기공(中淸氣功)이 찰나간 그녀의 두 눈을 새파랗게 물들였다.

이제 광복이란 둑이 터질 차례였다.

콰악!

동시에 그녀의 양팔을 타고 일어난 내공은 강력하게 터져 나와 광복의 양팔을 거침없이 밀어냈다.

쿠아아앙!

광복은 순식간에 양팔이 뜨며 속수무책이 되었지만, 찰나간 온몸의 내공을 끌어내 전신에 휘둘렀다.

콰지지짓!

무형의 기류가 온몸을 휘감자 그의 눈빛이 번뜩였다.

선천진기를 건드려서 온몸을 극도로 견고하게 하는 철명공 최후의 비공이었다.

"어림없다! 네년의 그 어떤 검초도 이 몸을 벨 수는 없을 것이야!"

"글쎄."

광복의 발악에도 불구하고 유예린의 검은 조금의 흔들림도 보이지 않고 정확히 그를 베어 갔다.

중청기공을 근간으로 한 유원검가 최고의 절기, 유원상검(儒援翔劍).

그 검법이 음양개정단과 곤륜이란 날개를 달아 전보다 훨씬 거센 격류가 되었다.

콰아악!

유예린의 검이 번쩍이며 광복을 절반으로 베고 지나간 것은, 그야말로 찰나로 충분했다.

그 어떤 암석이라도 격류 앞에서는 휩쓸리기 마련이었으니.

천룡오부(天龍五副) 중 일 인, 광웅마 광복의 죽음이었다.

쿵!

반으로 잘려 쓰러진 광복의 앞으로 피웅덩이가 번져 갔다.

"카악, 퉤!"

양경은 입안에 고인 핏물을 옆으로 뱉어 냈다.

'이놈 보게?'

양경은 양 허리께에 베인 상처를 힐끗 내려다봤다.

예상은 했지만 눈앞에 있는 놈은 제법 하는 놈이었다.

"초식은 청성인데, 움직임은 자객 놈과 같구나."

대치되어 있는 벽송자가 껄껄 웃었다.

"과연 산동악가에 머물기에 양 대인의 검이 무뎌진 줄 알 았더니, 예나 지금이나 여전하시구려."

"나를 본 적이 있느냐?"

"꽤나 오래 전 일이오. 스치듯 뵌 적이 있지."

"나보다 어린놈이로구나. 생긴 건 늙어서 나보다 나이가 많은 줄 알았다."

"어설픈 도발은 통하지 않소. 껄껄!"

"도발은 아니다."

딱 잘라 대답한 양경이 다시 청총검을 고쳐 쥐었다.

"어차피 나를 발목 잡으며 싸워 봤자 끽해야 양패구상일 테고 양 대인이 지키고자 하는 자들은 전부 죽게 될 거요."

벽송자의 말은 틀리지 않았다. 그의 말대로 이미 산동악가 의 가솔들은 하나둘 죽어 가고 있었다.

벽송자가 양경의 발목을 붙잡는 사이 청성파의 정예 고수들이 빠른 속도로 가솔들을 베고 있었던 것이다.

장설평 역시 반쯤 잘려 나간 팔을 붙잡고, 혼신을 다해 싸우고 있었다.

최악으로 치닫는 전장.

그러나 양경이 키득거리더니 이내 광소를 터트렸다.

"크하하하!"

"왜 웃으시오?"

"웃기지 않으냐? 자객 놈들이 쳐들어와서는 쓸데없는 잔정은 개뿔……! 이놈아."

"……."

"칼을 뽑았으면 결국 하나다."

벽송자는 검을 뻗지 않고 양경의 말을 기다렸다.

"죽든가, 살든가. 죽어 가는 저놈들이 그것도 모르고 있을까 봐? 저놈들을 무시 마라. 저놈들의 각오는……."

양경의 눈이 사납게 희번덕거렸다.

"네놈들보다 나으니까."

❦

백운검수(白雲劍手).

청성파 일대제자 일부와 이대제자들 중에서도 손꼽히는

지재들로 이뤄진, 혈교대란 당시 궤멸했다가 재건된 청성의 검대였다.

전투가 시작되자마자 남길은 데려온 백운검수(白雲劍手)들을 데리고 장원 안쪽으로 이동했다.

막는 자들은 없었다.

몰려온 수적에게 주둔하고 있던 산동악가의 정예들이 집중되었을 테니 당연한 일이었다.

그런데…….

쾅!

발로 문짝을 걷어찬 남길은 가볍게 인상을 썼다.

작은 뇌옥부터 시작해 장원 대부분의 구역 어디에도 우경전장의 정 당주는 보이지 않았다.

다른 구획을 수색하고 돌아온 제자들이 달려왔다.

"없습니다, 사형."

"없다고?"

"예."

"그럴 리가 있나."

그 중얼거림이 미처 끝나기도 전에 또 다른 제자들 역시 남길에게 모여 들며 정현의 흔적을 발견하지 못했다고 보고했다.

남길은 입술을 잘게 깨물었다.

'그러고 보니 이상하지 않은가.'

애초에 담을 넘었을 때 놈들의 가솔들이 대문에서 대열을
갖추고 있었던 것도, 비무장 가솔들이 하나도 보이지 않았던
것도…… 전부 다 이상했다.

마치 예상이라도 한 것처럼.

'호오, 우리의 출현도 계획에 고려했단 말이지?'

그리 보면 정현의 모습이 장원에 보이지 않는 게 당연했다.

놈들은 우경전장에서 자객을 보낼 것까지 염두에 두고 계
획을 짠 것이다.

저벅저벅.

남길은 방금 전 부숴 버린 방 안으로 들어가서 작은 등이
있던 자리를 매만져 보았다.

'미약한 온기가 있군. 빠져나간 지 얼마 안 되었어.'

남길은 황급히 결집한 백운검수들에게 외쳤다.

"비무장한 가솔들이 떠난 지 얼마 되지 않았다. 장원 안의
재산들 역시 수송 중일 테니 아직 멀리 가지 못했을 것이다.
사력을 다해 쫓아서 전부 죽이고, 정현 역시……."

남길의 눈이 살광으로 번뜩였다.

"목을 가져간다."

투둑, 투둑…….

흐릿하던 하늘에서 빗방울이 조금씩 떨어지기 시작했다.

그러다 얼마 지나지 않아 엄청난 양의 소나기가 땅에 쏟아져 내렸다.

후두두두둑!

때아닌 장대비에 선봉에 있던 신 각주가 말을 몰아 후방의 수레 쪽으로 이동했다.

'이런, 바퀴가 조금씩 땅을 파고들고 있구나!'

현재 지나고 있는 길은 비가 오면 웅덩이가 생기는, 덜 정비된 관도였다.

땅이 조금씩 진흙이 되어 가니 짐을 가득 실은 수레들이 흙 안쪽으로 파고드는 것이다.

"모두 말에서 내려 수레에 붙어라! 최대한 빨리 이 관도를 벗어나는 데에 집중할 것이다! 타고 있던 말은 수레를 끌 수 있게 묶어라!"

수송을 지키던 엽보원의 무사들은 신 각주의 하명에 따라 일사불란하게 움직였다.

신 각주 역시 모든 가솔과 함께 수레의 뒤쪽에서 수레를 밀었다.

길게 늘어진 대열 곳곳에서 힘찬 기합이 울려 퍼졌다.

"모두 각주님을 도와라!"

"서둘러! 조금 있으면 적들이 쫓아올지도 몰라!"

신 각주는 짐수레를 함께 밀기 시작하는 가솔들을 느끼며 더욱 이를 악물었다.

사실 떠나고 싶지 않았다.

내색은 안 해도 오래 전 부인을 사별한 후 부평초처럼 떠돌다 겨우 정을 붙인 가문의 식솔들이다.

유준, 장설평, 유예린, 호사량…… 그 외 수많은 가솔들까지.

울고 웃던 시간을 함께 보낸 그들을 피비린내 나는 죽음의 전장에 남겨 두고 간다는 건 한 명의 가솔로서 하기 힘든 일이었다.

그러나…….

-부탁드립니다. 신 각주님.

유준의 청이 그를 나아가게 했고.

-혼란스러운 상황 속에서 가문의 자산과 비무장 가솔들을 현명히 이끌 만한 분은 신 각주님 밖에 떠오르지 않는군요. 혹시나 모를 변수에 대비해주십시오.

변치 않는 호사량의 믿음이 정계각의 각주로서의 소임을 일깨우게 했다.

'그들은 그들의 소임이, 정계각 각주인 내게 나의 소임이

있으니……'

그러니 지금은 걱정보다 책임진 일들을 해내는 것이 우선이었다.

신 각주는 수레를 밀면서 소리쳤다.

"다른 가솔들은 우리의 퇴로를 위해 목숨 바쳐 싸우고 있다! 두렵고 힘들더라도 포기하지 마라! 우리가 포기하면 저들의 희생이 빛이 바랜다! 우리가 지키는 건 단순히 가문의 자산이 아니다! 가문이 건조해야 할 배의 자재들이며 미래다! 칼을 들고 싸우는 것만이 싸우는 것이 아니란 말이다!"

두꺼운 천들로 덮여 있는 수레 안쪽에는 배의 건조를 위한 목재가 실려 있었다.

신 각주의 말대로 가문의 미래에 필요한 자산이었던 것이다.

"밀어!"

"각주님의 말씀대로야! 우리가 지켜야 한다!"

"그래! 다른 사람이 아닌 우리가 지켜야 해!"

신 각주의 사력을 다한 외침에 호응하듯, 지쳐 있던 가솔들의 눈빛이 훨씬 비장해지고 결연해졌다.

가문을 위해 함께 한다는 일념이 싸울 수 없다는 무기력감으로 인해 생긴 두려움을 밀어낸 것이다.

그때였다.

헛돌기만 하던 바퀴가 힘을 받자 수레도 다시 빠르게 앞으로 나아가기 시작했다.

콰드득!

얼마 후 수레는 진흙으로 변한 관도를 하나둘 벗어났다.

와아아!

가솔들이 환호했다.

"됐다! 다시 밀린다!"

"갈 수 있어! 밀어! 더 빨리 밀어!"

신 각주의 무표정한 얼굴에도 희미한 미소가 감돌았다.

그때였다.

대열의 최후방에서 날카로운 비명이 들렸다.

"으악!"

신 각주 역시 멀리 떨어지지 않은 후방에 있었기에 비명에 누구보다 빨리 반응했다.

'정말 부각주와 총경리의 말대로 우경전장이 수적 말고, 다른 세력을 끌어들인 것인가?'

찰나의 생각이 스쳐간 순간에도 비명이 점점 많이 늘어났다.

기습이 확실해진 지금.

신 각주는 선택을 해야 했다.

"비무장 가솔은 모두 수레를 버리고 전방을 향해 달려라! 몸이 불편한 자와 노인을 최우선으로 하여 뒤도 돌아보지 말고 달려!"

연이어 들려오는 비명 속에서 누군가 한 명이 소리쳤다.

"저희는 아무데도 안 갑니다! 제녕은 우리 가문의 터전입니다! 우리가 왜 쫓기듯 떠나야 합니까!"

"죽더라도 우리 땅에서 죽겠습니다!"

"신 각주님과 명운을 함께하겠습니다!"

"얼마 남지 않은 생, 도망쳐 봐야 뭘 하겠습니까요!"

엽보원의 무사들, 정계각의 장궤들, 상수(商輸), 시비, 시종 누구도 물러나는 이가 없었다.

모두 두려움에 떨면서도 제자리를 고수했다.

"뭣들 하는 게야! 이곳에 있으면 전부 다 죽을지도 모르거늘! 어서 도망치란 말일세!"

엽보원의 무사 중 한 사람이 물었다.

"각주님도 가실 겁니까?"

그 반문에 신 각주는 아무 말도 하지 못했다.

아니었다.

아무 날붙이라도 손에 쥐고 싸울 생각이었다.

"높은 자리에 오르는 것은 그만한 책임과 명운을 걸라고 오르는 것일세. 그러니 모두 객기 부리지 말고 내 말을 듣게."

"큰 책임을 지신 건 압니다. 하지만 저희들 역시 작은 책임이 있습니다. 가문의 일원이니까요."

신 각주는 잠시 침묵하며 눈을 치켜떴다.

모두를 대변하듯 입을 여는 엽보원의 젊은 무사의 맑은 눈이 보였다.

'양과라고 했던가.'

젊은 나이임에도 특유의 친화력과 통솔력으로 엽보원의 무사들 사이에서 뛰어나다고 알려진 청년이었다.

신 각주는 껄껄 웃었다.

산동악가는 이제 이런 젊은이들의 꿈이 되었다는 것이 새삼 느껴졌다.

"가세. 내가 더 무슨 얘기로 자네들을 밀어내겠나."

"그 말씀, 기다렸습니다."

무겁게 고개를 끄덕인 신 각주가 달려오는 적들을 향해 노구를 이끌고 이동했다.

건강을 위해 가문의 기초공이나 익혀 온 노구였지만, 조금이라도 힘이 된다면 싸워야 했다.

❧

"우습군. 발악이라……."

남길은 시종 노인의 얼굴을 손바닥으로 감싸쥔 채 그의 겁먹은 눈을 들여다보았다.

그런데 시종 주제에 눈빛이 단단했다.

"죽이시오."

"뭐?"

"죽이란 말이오. 내 노구가 가솔들에게 짐으로 되지 않게."

남길의 인상이 구겨졌다.

생사여탈권을 빼앗긴 마당에 자존심이라도 지키겠다는 건가?

"오냐."

황정의 죽음 이후, 청성은 분노했다.

그러나 산동악가로 곧장 쳐들어가기에는 명분도, 실리도 없었다.

원룡회가 화홍단과 연관이 있다는 증좌가 세간에 적나라하게 드러났으니, 황정 개인의 일이라고 못 박는 것이 최선이었던 것이다.

하지만 원한은 원한.

청성은 호시탐탐 악가에 되갚아 줄 날을 기다렸다.

'그리고 장로께서 나를 택하셨지.'

남길이 맡은 건 청성이 습격했다는 것을 아는 자들의 살인 멸구(殺人滅口).

놈들을 전부 죽이고 시체는 훼손하여 청성이 이곳에 왔다는 것조차 밝혀내지 못하게 하리라.

하지만 남길이 진짜 원하는 바는 다름 아닌 대제자의 지위였다.

최근 청성팔검협(靑城八劍俠) 내에서는 대제자의 선출 경쟁이 한창이었던 것이다.

다음 대 청성의 장문인을 잇기 위해 반드시 올라서야 하는 자리였다.

"나를 위해 죽어라."

남길은 쥐고 있던 노인의 목을 단숨에 꺾어 버렸다.

콱!

그사이 그가 데려온 백운검수들은 순식간에 최후방의 가솔들을 베어 나가며 기세를 올리고 있었다.

채채채챙!

'좋아. 이대로 밀고 나간다.'

남길은 도륙에 가까운 전황을 지켜보다가 반대편에서 달려오는 신 각주 무리 발견했다.

"픕."

그들을 살펴본 남길은 코웃음을 쳤다.

"이노옴들!"

호통을 치며 달려오는 신 각주와 가솔 모두가 하나같이 오합지졸이었기 때문이다.

피워 올린 기세도 이류에 겨우 올라선 자들이 대부분이며, 나머지는 무인이 아닌 범인(凡人)에 속했다.

도망치기를 포기하고, 마지막 자존심이라도 지키려는 모양이다.

방금 전의 그 노인처럼.

"무지하고 멍청한 족속 같으니……."

남길은 능명보(凌冥步)를 펼쳐 순식간에 가속을 일으켰다.

콰아아!

단숨에 달려오는 신 각주 앞에 당도한 남길은 신 각주를 향해 거침없이 검을 내리찍었다.

"아직도 모르겠느냐, 격의 차이를!"

쒜애액!

눈 깜짝할 새 쇄도한 절정 고수의 검기를 신 각주가 받아 낼 수 있을 리 만무했다.

번쩍!

검광과 함께 신 각주의 몸이 절반으로 그어졌다.

～⁓

투툭.

바닥에 떨어지는 핏방울.

신 각주는 그것을 보고 나서야 검이 쇄도했음을 깨달았다.

자객의 움직임이 너무 빨라 한참 늦게 반응한 것이다.

그런데……

'내 것이 아니다.'

신 각주는 놀란 눈으로 천천히 등지고 있는 사내를 올려다 보게 됐다.

눈앞에 있는 사내가 나타나 막아 준 것이다.

놀랍게도 피를 흘리고 있는 쪽은 검을 놓친 남길이었다.

"크윽…… 네놈은 누구냐!"

남길의 외침에 신 각주는 조용히 등지고 있는 사내를 응시했다.

넓은 어깨와 커다란 신장 얼핏 옆선으로 보이는 날카로운 턱선까지……

굳이 돌아보지 않아도 신 각주는 그가 누군지 단숨에 알아챘다.

"소가주!"

"소가주님!"

"소가주님이 오셨어!"

신 각주를 비롯한 수많은 가솔들이 악운의 등장에 환호성을 터트렸다.

"소……가주?"

남길은 찢어진 손바닥을 내려다보며 이채를 흘렸다.

단 한 번으로 자신의 검을 튕겨 낸 강한 창격.

'그럼, 이자가…… 사형을 죽인.'

남길이 눈을 부릅떴다.

"……악운!"

악운이 그에 호응하듯 들고 있던 주작을 고쳐 쥐며 남길에게 다가갔다.

"그래, 나다."

남길은 주춤거리며 한 발자국 물러났다.

명성대로라면 놈은 천외천(天外天)의 실력을 지닌 자였다.

'분명히 놈이 제녕에서 자취를 감췄다고 들었건만! 벌써 돌아왔단 말인가?'

남길의 꺾인 기세를 느낀 듯 다른 청성의 제자들 역시 황급히 뒤로 물러나 그의 주변으로 모였다.

"사형……! 무, 물러나야 합니다!"

"닥쳐! 여기까지 와서 그냥 물러날 수는 없다!"

남길은 땅바닥에 떨어진 검을 집어 들며 애써 자기 위로를 했다.

'허명일 것이야. 그 어린 나이에 벌써 화경에 접어들었을 리 없어. 전부 다 악가의 가주가 세운 업적일 테지!'

이미 대제자에 대한 욕심으로 눈이 먼 남길에게 있어 악운은 그저 반드시 넘어서야 할 눈엣가시로 밖에 보이지 않았다.

"죽여! 산동악가 소가주의 목까지 덤으로 가지고 돌아간다!"

그 순간, 악운의 입에서 싸늘한 한마디가 튀어나왔다.

"돌아간다고?"

동시에 사방으로 폭사되는 강렬하고 거대한 기류(氣流)가 청성의 제자들을 일제히 짓눌렀다.

'바, 발을 제대로 뗄 수가……!'

검을 쥐었던 남길의 눈에 두려움이 피어난 순간.

악운의 중저음이 지옥의 사자처럼 울려 퍼졌다.

"누구 마음대로?"

사사사삭.

뒤따라 관도 주변에는 푸른 두건을 쓴 백해채의 수적들이 수풀을 헤치고 걸어 나오기 시작했다.

"백해채여, 소가주를 도와 단 한 놈의 쥐새끼도 살려 보내지 마라!"

부리부리한 눈매의 호몽이 적의 가득한 눈으로 일갈을 터트렸다.

동시에 악운의 입가에 서늘한 미소가 맺혔다.

"네놈 말대로 격의 차이를 보여 주지."

갑작스러운 백해채 무인들의 등장.

'대체 저놈들은 뭐……지?'

남길이 경악하기도 전에 이미 악운이 눈앞에 당도해 있었다.

'안 돼! 이대로 물러날 순 없다!'

남길은 이를 악물고 검을 고쳐 쥐려 했다.

머릿속과 몸은 기억하고 있었다.

수천 번, 수만 번 휘두르며 수련해 온 청성의 검이!

그러나.

번쩍!

어느새 남길의 앞에 빛을 드러낸 창광(槍光)은 순식간에 남길의 목울대를 일자로 꿰뚫었다.

'어, 언제……?'

콰악!

백호의 신속이 가미된 가공할 창속(槍速)은 같은 경지에 있는 고수라도 경악할 만한 정도였다.

남길이 반응하지 못하는 건 당연했다.

"컥!"

창이 눈앞을 가득 메우는 찰나.

남길은 그간의 일들이 주마등처럼 스쳐 지나가며 강한 공포를 느꼈다.

'정……말 화경이었단 말인가?'

이미 늦었지만 남길은 후회했다.

사제들의 말을 듣고 도망쳤어야 했다.

시야가 어두워지기 직전 악운의 서늘한 얼굴이 들어왔다.

'소문이…… 과소평가됐어.'

생각은 그것으로 끝이었다.

푸욱!

단숨에 목울대가 꿰뚫린 남길의 전신에 태홍이려창의 초식이 펼쳐졌다.

이제 악운이 펼치는 무공의 초식은 규정된 초식의 한계를 벗어던진 새로운 차원의 초식이었다.

무한편에 오른 자의 격이었으니까.

콰콰콰콰!

창으로 일으킨 수십 개의 연격이 남길의 전신을 찢어발겼다.

발, 손, 창에 베이는 모든 것이 도륙됐다.

쿵!

남길이 피 칠갑을 한 채 쓰러진 순간.

곁에 있던 백운검수들의 얼굴에 당혹감이 실렸다.

"어, 어느 틈에……."

"보지도 못했어."

"꿀꺽."

남길은 청성팔검협 중에서도 유독 빼어나, 황정과 함께 다음 대의 대제자로 유력한 인물 중 하나였다.

그런 위상 높은 젊은 고수가 제대로 반항도 못해 보고 일격에 당하는 광경은 자신감 가득하던 백운검수들을 겁먹게 하기에 충분했던 것이다.

덜덜.

악운의 검은 동공이 겁에 질린 백운검수들과 그들이 학살하듯 죽인 가솔들의 시신에 잠시 머물렀다.

화아악!

동시에 피어오르는 청염의 안광.

"자비는 없을 것이고 네놈들을 보낸 청성파를 주춧돌 하나

없이 무너트릴 거다."

기다렸다는 듯 한 백운검수의 등 뒤로 호몽의 박도가 그어
졌다.

"죽어라, 자객 놈들."

투툭.

떨어진 머리와 함께 악운의 창이 다른 백운검수의 몸을 횡
으로 내리그었다.

쩌적!

이전과는 비교도 할 수 없이 성장한 내공이 깃든 주작은
단 일 창으로 고수의 몸을 두 동강 냈다.

"허업."

악운이 내보이는 압도적인 격의 차이에 살아남은 백운검
수들은 아무 반항도 하지 못하고 두려움에 떨었다.

더 이상 지옥의 사자는 그들이 아니었다.

❧

"크윽……."

장설평은 남은 팔에까지 자상을 입어 비틀거렸다.

'한 팔은 쓰지 못하고, 그나마 남은 팔까지 부상 입다니…….'

결집했던 수십 명의 가솔들은 이미 사분지 일이 죽었고,
열 명도 채 남지 않게 됐다.

그 순간 사각지대에서 검초가 날아왔다.

'이런!'

미처 대비하지 못한 찰나.

"안 된다! 커헉!"

장설평의 앞으로 가솔이 뛰어들었다.

상회에 속한 가솔이었다.

"보경!"

"사, 사셔야 합니다, 회주님……. 반드시……!"

장설평의 눈가가 파르르 떨렸다.

보경은 그가 알기로 얼마 전 한 딸아이의 아버지가 되었다. 처자식을 두고 장설평을 살린 것이다.

"눈물겹네, 눈물겨워."

보경의 가슴에서 검을 뽑아낸 백운검수가 키득거리며 조소했다.

장내에 남은 백운검수 중 하나였다.

쿵!

힘없이 쓰러지는 보경과 함께 남아 있는 가솔들이 부상 입은 장설평을 둘러쌌다.

"회주님을 지켜라!"

"후우, 후우……. 반드시 지켜야 한다!"

장설평은 남아 있는 가솔들을 보며 이를 짓이기듯 깨물었다.

으드득.

"나는, 나는 괜찮네!"

장설평은 들끓는 분노를 누르며 이성을 유지했다.

마음 같아서는 당장 웃고 있는 백운검수의 목을 잡아 뜯고 싶었다.

하지만 조금이라도 더 버텨서 놈들에게 조금의 피해라도 주는 것이 할 수 있는 최선이었다.

"한 놈이라도 더 데려가세!"

"예!"

보경을 죽인 백운검수가 대치 상태를 유지하며 말했다.

"이봐, 조만간 너희들이 도망 보낸 가솔들은 도륙되어 시신으로 만나게 될 거야. 더 험한 꼴 보기 전에 정리하는 게 낫지 않겠어? 다들 그렇게 생각 안 하나?"

주변을 둘러싼 다른 백운검수들이 검에서 피를 털어 내며 동조했다.

"맞습니다, 계 사형."

"어리석은 것들이지요. 당장 제 놈들 목이 날아갈 건 생각도 못 하는⋯⋯."

장설평은 아무 말 없이 양경이 있는 곳을 쳐다봤다.

그 시선을 느낀 계응덕이 말했다.

"양경, 저 노인네가 너희를 구하러 올 일은 조금도 없을 테니 기대도 말라고. 애초에 장로께서 저 노인네를 붙잡는 동안 우리에게 맡겨 주신 일이 네놈들의 살인멸구이니 말이야. 크흐흐."

장설평이 호통쳤다.

"도문(道門)에 적을 둔 자들이 부끄럽지도 않느냐!"

계응덕이 땅을 박차며 외쳤다.

"도문? 그건 껍데기일 뿐이지. 속을 채우는 건 약육강식의 세상에서 누가 더 오래 살아남느냐다! 쳐라!"

"다 왔다! 한 놈도 남기지 마라!"

스무 명가량의 백운검수들이 일제히 땅을 박찼다.

장설평은 부상당한 팔로 검을 고쳐 쥐며 호흡을 다스렸다.

이미 손은 감각도 없지만 뼈가 뒤틀리는 고통을 느끼며 검을 다시 움켜쥐었다.

악화일로의 상황이지만 최악은 아니다.

진짜 최악은…….

"무기력하게 죽지는 마세!"

포기할 때니까.

백운검수들의 성난 검격이 장설평과 남은 가솔들에게 쏟아졌다.

그때였다. 여유 만만하던 계응덕은 순간적으로 강한 위화감을 느꼈다.

육안으로 확인한 것도 없었지만, 계응덕은 반사적으로 몸을 낮췄다.

그 순간.

촤학!

계응덕의 안면에 핏물이 튀었다.

"사……형?"

옆에서 달리고 있던 사제가, 달리던 중에 이마에 커다란 구멍이 뚫린 것이다.

초점 잃은 멍한 눈의 사제가 얼마 지나지 않아 쿵, 소리를 내며 제자리에 고꾸라졌다.

계응덕은 눈을 부릅떴다.

'이, 이게 무슨……!'

지풍이 분명했다.

아니, 그보다 대체 어디서 지풍이 날아온 건지가 불분명했다.

"어, 어디서……?"

계응덕이 너무 놀라 중얼거리는 순간, 그의 등 뒤로 강렬한 살의가 느껴졌다.

"알 거 없어. 어차피 죽는 건 같을 테니까."

"헙!"

계응덕은 뭐라 대답할 틈도 없이 가슴을 꿰뚫은 붉은 창을 내려다봤다.

콰악!

뜨거웠던 몸이 급격하게 추워졌다.

그리고 이어지는 창격이 그의 의식을 나락으로 떨어트렸다.

쿵!

돌진하던 다른 백운검수들이 멈칫 하며 일제히 쓰러진 계응덕을 향해 시선을 돌렸다.

"사형?"

"사형이 갑자기 왜!"

"저, 저자는……!"

그제야 백운검수들의 시선에 피보다 붉은 주작을 늘어트리고 서 있는 악운이 들어왔다.

제자 두 명이 쓰러질 때까지 악운이 다가온 것조차 느끼지 못한 것이다.

이 순간, 장설평의 눈가가 파르르 떨렸다.

얼마나 기다렸던가.

"소가주……!"

"너무…… 늦었습니다."

"아니오."

장설평의 대답이 있었지만, 악운의 눈에는 이미 죽어 있는 수십의 가솔이 보였다.

조금만 더 빨리 왔다면 살릴 수 있었을 것이다.

마음이 아팠고, 무거웠다.

그러나…….

'주저앉을 순 없어.'

저들의 죽음에 책임져야 할 놈들이 살아 있는 한⋯⋯.

"책임의 빚은 네놈들이 갚아야지."

악운이 전력으로 그들을 상대하기로 마음먹는 순간, 각오
만큼 무거운 기류가 백운검수들을 짓눌러 갔다.

주춤하는 그들을, 악운은 그냥 두지 않았다.

사삭!

표홀함을 넘어선, 가속이 악운의 발끝에 실렸다.

일보일격(一步一擊).

매 걸음마다 백운검수의 목이 꿰뚫렸다.

"커헉!"

"큭!"

소림의 신법과 태양진경의 신법이 몸을 떠받쳤고, 백호의
신속까지 아울러진 가속은 적들이 악운의 그림자마저 밟을
수 없게 빨랐다.

사사삭!

사람은 보이는 것보다 보이지 않는 것에 더 두려움을 느꼈
다.

백운검수들에게는 악운이 그랬다.

'보이지도, 느껴지지도 않아.'

장내에 모인 백운검수들은 천하를 논할 수준의 잠행술과
신법을 갖고 있었다.

청성파의 무공 토대 아래 자객들의 무공이 흡수됐기 때문이다.

그런데…….

악운의 신법은 단순히 격의 차이를 보여 줄 뿐만 아니라 그들의 무공까지 완벽히 압도했다.

스스스슥!

악운의 일부가 된 태을미려보와 칠성보가 반속을 극대화시켰고, 일계 안에서 번성한 천금칠신보가 만변을 일으켰다.

일백에 달하는 환영이 사방에 일어나 적들을 가두는 듯한 무위!

쿠아앙!

환영처럼 날아간 주작의 투창이 두 명의 백운검수들을 꿰뚫었다.

번쩍! 그오오!

자객에게는 자객의 칼이 더 잘 든다.

자객들의 소굴이 된 청성파에게 살왕이 지닌 천금칠신보와 천산파의 절학, 천산신월검(天山神月劍)은 이제 가장 두려운 무학이다.

번쩍!

어느새 악운의 허리에서 용오름 친 흑룡아가 달빛이 닿지 않는 어둠 속에서 반월(半月)의 강환(鋼環)을 일으켰다.

−천산신월검은 달빛이 닿지 않은 어둠을 강기만으로 밝
힌다는 검초네.

극성에 이르면 검이 지나는 곳을 달이 따르는 듯한 착각
이 일겠지. 상대가 달빛을 마주한 순간 이미 자넨 그곳에
없겠지만.

쏴아아악!

순식간에 스무 명가량의 백운검수의 목과 팔이 허공에 잘
려 나가는 시간은 '찰나'로 충분했다.

신음도, 비명도 존재하지 않았다.

악운의 흑룡아가 다시 그의 허리에서 용이 꽈리를 틀 듯
돌아갔을 때, 백운검수는 모두 즉사해 버렸으니까.

푸욱!

악운은 투창했던 주작을 다시 시신에서 뽑아 들며, 지쳐
있는 가솔들을 돌아보았다.

많은 말이 필요가 없었다.

이미 설명은 신 각주를 통해 들을 만큼 들었고, 백해채는
호사량을 돕기 위해 이동했다.

장설평은 지쳤지만 아직 활활 타오르는 눈빛으로 말했다.

"가시오, 소가주. 여긴 우리가 정리하겠소."

기다렸다는 듯 격전을 벌이고 있는 양경이 소리쳤다.

"으하하! 이놈, 더 강해졌구나! 어서 끝내고 돌아오너라.

금세 이놈의 목을 베어 버리고 네놈을 상대해 주마!"

양경의 성난 외침에 악운은 자리를 떠났다.

남은 건……

'장사성.'

그놈뿐이었다.

"큭큭."

양경은 악운의 기척이 멀리 떠나갔음을 느끼고는 여유 있게 웃음을 지었다.

솔직히 내색은 안 했지만 죽어 가던 가솔 녀석들이 거슬리던 건 사실이다.

하지만 그럴수록 싸움에 집중했다.

그런데…….

지금은 몸이 들뜰 만큼 호승심이 들끓는다.

방금 악운을 통해 느껴진 기세는 솔직히 놀랄 만큼 강렬했으니까.

'이놈, 괜히 태양무신과 연이 닿은 게 아닌 건가?'

운명이라는 게 있을지도 모른다는 생각이 들만큼, 악운은 매번 마주할 때마다 한층 더 강해져 있었다.

솔직히 이젠 놈이 어느 정도 수준까지 올랐는지 가늠이 쉽지 않을 지경이다.

"큭큭, 네놈도 느낀 게지? 그래서 네놈 검이 흔들리는 것이고."

"이노오옴!"

벽송자가 심기 불편한 표정으로 눈썹을 꿈틀거렸다.

사실 양경의 말은 조금도 틀린 게 없었다.

방금 악운의 기세…….

온몸의 소름이 돋을 만큼 강력했다.

소문이 부족할 지경이다.

설상가상, 청성의 제자들은 일제히 도륙당했고 수송대를 쫓아갔던 남길은 여태 돌아오지 못했다.

'여태 돌아오지 않은 것을 보면 이미 악운 저놈에게 도륙되었을 가능성이 높을 것 같구나.'

이미 청성파인 것을 들키지 않고 전부 다 살인멸구하려던 계획도 끝난 셈이다.

세간에 이 일이 퍼진다면 산동악가와는 전면전은 물론이고, 온 무림의 지탄을 받을지도 모른다.

그러니…….

'후환을 대비하고 도망치는 것이 현명할지도 모르겠구나. 경공은 이 몸이 훨씬 빠르다!'

결심이 굳어진 벽송자는 다시 양경에게 쇄도했다.

양경이 광소를 터트렸다.

"그래, 동귀어진할 각오라……! 아주 마음에 드는구나!"

빛살처럼 쇄도한 두 사람이 다시 충돌하려는 찰나.

벽송자가 순간적으로 방향을 바꿔 청성의 경공 중 최고의 절학이라는 비류천보(飛流天步)를 펼쳤다.

이어서 벽송자의 허리가 바닥에 닿을 듯 기이하게 꺾이며, 그의 경공에 궁신탄영의 묘리가 담겼다.

사아아악!

어마어마한 기류가 그의 발끝에 실리자마자 이미 그의 몸은 담벼락을 밟고 다른 지붕으로 도약하고 있었다.

벽송자는 힐끗 양경이 있던 곳을 돌아봤다.

양경은 감히 쫓아오지도 못하고 지켜만 보고 있었다.

무사히 도망친 셈이다.

'이놈들, 내 반드시 이 수모를……!'

그렇게 벽송자가 이를 악물며 후일을 기약하던 그때였다.

쐐애애액!

무시할 수 없을 만큼 강렬한 투창(投槍)이 그의 발목으로 쇄도했다.

"크읏!"

황급히 허공에서 몸을 뒤집어 피하기는 했지만, 예상 못한 기습에 발목이 일부 베였다.

콰드득!

가까스로 지붕 일부에 미끄러지듯 착지한 벽송자가 창이

날아왔던 곳을 향해 소리쳤다.

"어떤 놈이냐!"

"나다."

동시에 창이 박힌 반대편 지붕에서 건장한 중년인이 모습을 드러냈다.

이윽고.

중년인이 집어 든 창신이 달빛에 번쩍이며, 창에 새겨진 음각이 벽송자의 눈에 들어왔다.

'뇌공(雷公)!'

"너는……."

"그래. 각오는 됐겠지."

동시에 주변 지붕에서 '악가휘명대(岳家輝命隊)'가 동호단을 이끌고 모습을 드러냈다.

뒤따라온 양경이 지붕 위로 훌쩍 올라섰다.

이제 벽송자의 뒤엔 양경이, 앞에는 악정호를 필두로 한 악가휘명대와 동호단이 버티고 있었다.

유준이 요청한 지원 병력이 도착한 것이다.

백홍휴가 든 '칠성태산검(七星泰山劍)'이 월광에 번뜩였다.

가주의 곁에 선 그가 쩌렁쩌렁하게 소리쳤다.

"악가뇌명(岳家雷鳴)!"

뒤따라 악가휘명대와 동호단이 제녕 땅에 산동악가 도착했음을 명확히 알렸다.

"진천패림(振天覇林)!"

한 명, 한 명의 기세가 악가상천대 못지않은 그들의 합류는 소가주가 돌아온 산동악가에 날개를 단 격이었다.

양경이 악정호를 불렀다.

"어이, 가주."

"말씀하십시오."

"소가주 놈과 만났나?"

"만났습니다."

"역시……."

양경은 피식 웃었다.

'그놈, 이미 알고 있었구먼그래.'

악운이 백운검수들만 마무리 짓고, 자리를 뜬 진짜 이유는 양경만을 믿은 게 아니라 후속 지원으로 도착할 악정호를 믿었던 것이다.

"큭큭……!"

양경은 진퇴양난에 처하게 된 벽송자를 쳐다봤다.

"애송이 놈, 네놈 꾀에 네놈이 넘어갔구나."

양경의 도발에 벽송자는 쉽사리 넘어가지 않고 말했다.

오히려 악정호에게 담담히 반문했다.

"나는 청성의 벽송자요."

"휘평잔군의 명성은 익히 들었소만…… 그런 분이 어째서 이런 하찮은 암습이나 하고자 제녕에 왔는지 설명해 보시겠소?"

벽송자가 뻔뻔하게 대답했다.

"수적들이 제녕을 습격한다는 소식을 듣고 달려왔으나, 오히려 악가 측에서 우리를 공격하더이다."

뒤에 있던 양경이 코웃음을 쳤다.

"협잡꾼 나셨구먼그래. 그래, 어디 네놈이 어디까지 세 치 혀를 놀리나 한번 지켜보자꾸나."

양경은 의외로 분노하지 않고, 벽송자가 하는 꼴을 관망했다.

"우리 가문이 일언반구 없이 벽 진인과 청성파의 검수들을 공격했다는 것이오?"

"그렇소. 당연히 저쪽에서는 아니라 하겠지만, 우리가 그리 느낀다면 그런 것 아니겠소?"

단순한 억지였다.

하지만 벽송자는 청성의 장로.

청성은 그의 의견대로 세간에 주장을 필 것이 뻔했다.

아무 말 없는 악정호에게 벽송자가 계속 말을 이었다.

"게다가 여기서 나를 죽이게 되면 어떤 일이 벌어질지 가늠은 해 보았소이까? 일전에 본 파의 제자를 죽인 걸 눈감아 준 것은 그만한 명분이 있어서였겠지만……. 장로인 빈도까지 벤다?"

벽송자의 입꼬리가 말려 올라갔다.

"과연 본 파가 가만히 있겠소? 본 파가 모두 움직이면 우경전장과 공동도 우릴 도울 게요. 장로의 죽음은 일대제자의 죽음과는 그 무게부터 다를 테니. 하지만…….”

악정호가 그의 의중을 먼저 파악하여 말을 잘랐다.

“이대로 살려 보내 주고, 청성의 일을 눈감아 주면 청성파에 잘 말하여 모든 일을 무마하겠다?”

“그렇소. 과연 괜히 산동평왕(山東平王)이란 별호가 붙은 게 아니구려. 천하의 흐름을 꿰뚫어 보는 통찰이 뛰어나시구려.”

서로 이쯤에서 정리하여, 괜한 피를 보지 말자는 벽송자의 제안은 얼핏 달콤하게 느껴졌다.

가술들 역시 악정호가 어쩌면 이 제안을 받아들일지도 모른다는 생각이 스쳤다.

팔짱을 끼고 있는 양경이 모두의 의중을 대표하듯 입을 열었다.

“가주는 어찌할 테지? 놈의 제안을 받아들일 생각인가?”

악정호가 조용히 눈을 치켜떴다.

“양 대인의 말처럼 잠깐은 그런 생각도 했습니다.”

“그런데?”

“통증이 두려워 곪아 터진 고름을 짜낼 수 없다면, 결국 고름은 더욱 곪아 갈 것입니다. 곪은 것을 알아내어 도려내겠다고 마음먹은 이상…….”

악정호의 뇌공이 벽송자를 향했다.

“주저하지 않을 것이오. 대답이 됐소?”

벽송자는 아무 말도 하지 못했다.

지켜보던 양경이 호탕한 웃음을 터트렸다.

"크하하! 과연 호랑이를 낳은 호부(虎父)구먼그래! 어이, 안색이 허옇게 뜬 말코도사 놈아, 이제 꼬랑지 내리고 도망은 포기하지 그러느냐!"

벽송자는 치욕감에 몸을 파르르 떨었다.

다시 피어오르기 시작한 강렬한 기세.

"후회하게 될 것이다, 산동악가여."

악정호가 그의 대답을 조소했다.

"그럴 리가. 내가 이곳에 온 것은 벽송자 당신 하나만을 상대하기 위한 것이 아니었으니……."

"뭐라?"

악정호는 땅을 박차고 뇌공을 내리 찍었다.

"금일 이후, 우리 가문은 청성과 전면전을 치를 것이다! 백 대주!"

"예, 가주님."

"지금 즉시 전 병력을 끌고 항구로 통하는 길목으로 길목을 차단하시오! 이곳은 나와 양 대인이 맡겠소."

"분부 받잡겠나이다."

악정호의 호통에 벽송자는 더 이상 빠져나갈 길이 없다는 것을 확실히 깨달았다.

'그럼, 전력으로 싸울 수밖에.'

벽송자는 이제 수적 놈들이 산동악가의 개자식들을 하나라도 더 죽이길 바랐다.

"쿨럭."

유예린은 또 한 명의 수적의 목을 내리긋고는 피를 토해냈다.

'무리한 건가.'

광복의 힘을 이겨 내고 놈을 베어 낸 것까지는 좋았지만 그 이후로 쉴 틈도 없이 전투에 임했다.

내상이 심해지는 건 당연했다.

그래도……

'덕분에 살았어.'

유예린의 눈에 악가상천대와 함께 돌격하는 현비의 모습이 보였다.

화융검객이라는 별호는 결코 거짓이 아니었다.

그녀의 화융직렬검(火烔直烈劍)은 강렬한 패검(覇劍)으로 적들을 밀어냈다.

그녀의 압도적인 패검은 광복의 죽음으로 당황한 수적들을 몰아내는 데 크게 일조했다.

지친 유예린을 대신해 악가상천대를 이끌어 준 것이다.

"일어날 만해요?"

온몸에 피 칠갑을 한 채 다가온 현비에게 유예린은 조용히 고개를 끄덕였다.

"부축은 괜찮아요."

"그럼 됐어요. 이제 얼추 저자 쪽은 정리된 것 같아요. 살아남은 놈들도 항구 쪽으로 도주했고요. 이쪽은 대승이에요."

하지만 대승이라고 말하면서도 현비의 표정은 밝아지지 못했다.

죽은 가솔도 많은 데다가 아직 항구와 가까운 기루 거리에서의 전투도 남아 있었다.

게다가……

"지원을 가야 해요. 어디로 가죠?"

현비의 반문에 유예린은 울컥 솟아오르는 핏물을 꾹 누르며 검을 고쳐 쥐었다.

유예린 역시 생각이 복잡한 건 마찬가지였다.

'신 각주님은 잘 계실까? 장 회주님은?'

혹시나 모를 변수를 대비하기는 했지만 상황이 어찌 됐는지는 아무도 몰랐다.

그때였다.

쉽게 결정을 내리지 못하던 그녀의 곁으로 검은 그림자가 드리워졌다.

"무사하십니까?"

"소가주!"

"상황이 상황이니 긴말하지 않겠습니다. 장원은 이제 걱정하지 않아도 됩니다. 신 각주님과 장 회주님 역시 무사하십니다."

"아아!"

"또한 가주님께서 동호단과 악가휘명대를 이끌고 당도하였으니 후방 지원은 걱정하지 않아도 됩니다."

"됐어!"

현비가 주먹을 불끈 쥐었다.

"와아아!"

동시에 소식을 들은 다른 가솔들도 환호성을 터트렸다.

소가주를 비롯하여 산동악가의 지원까지 제때 도착한 것에 사기가 오른 것이다.

유예린의 표정도 훨씬 평온해졌다.

"그럼 저와 현 소저는 부대주를 돕기 위해 어물전 거리로 가겠어요. 소가주께서는 항구와 제일 가까운 곳인 기루 거리로 가 주셔야 해요."

"그곳에 장사성이 있습니까?"

"아마도요. 적어도 이곳에는 오지 않았어요."

"그렇군요. 그곳으로는 누가 갔습니까?"

"가솔들을 이끌고 유 총경리를 비롯해 호 부각주와 백 대주 그리고 우의장께서 갔어요."

"알겠습니다. 너무 심려치는 마세요. 우선 저와 동행한 일행이 먼저 그곳으로 갔을 테니 큰 힘이 되고 있을 겁니다. 사정이 급하니 이만 가 보겠습니다."

"동행요?"

유예린이 고개를 갸웃거린 그때.

쏴아아!

바람이 불자 악운이 자취를 감췄다.

가공할 경공에 현비가 혀를 내둘렀다.

"허, 설마…… 그새 또 좋은 영약이라도 먹고 온 건가? 왜 이렇게 빨라?"

중얼거리는 현비에게 유예린이 엷은 미소를 머금었다.

"이해하지 말아요. 그냥 받아들이면 편해요."

"정답이네요. 자, 우리도 가죠."

"다시 집결하여 어물전 거리로 움직인다!"

어물전 거리를 돕고난 후 항구와 가까운 부각주에게 향할 작정이었던 것이다.

전세는 차츰 산동악가 쪽으로 기울어지고 있었다.

❧

"허억, 허억……!"

천익백강도(千翼百姜刀)를 펼치며 분전했지만 서태량은 이미 한계였다.

그러나 시호도를 놓을 수는 없었다.

검은 안대를 하고 있는 애꾸눈의 수적 역시 한계에 달해 있었기 때문이다.

'넘어서야 한다.'

절정 고수인 애꾸눈에게 이제껏 서 있을 수 있었던 이유는 호길의 음공과 시호도의 강도, 그리고 음양개정단로 인한 내공 증대 덕분이었다.

'내공은 모자라지 않아. 남은 건 그저 내 실력이야. 실력으로 놈을 넘어서야만 한다.'

이미 들고 있던 방패는 들고 있으나 마나일 만큼, 절반가량이 부서져 있었다.

서태량은 둥근 방패를 던지고는 두 손으로 시호도를 쥐었다.

"호오, 동귀어진이냐."

천룡오부(天龍五副) 중 한 사람인 타곤은 방패를 버린 서태량을 보며 낮게 웃음을 흘렸다.

놈은 한 수 얕은 실력으로도 자신을 지치게 할 만큼 끈질겼다.

그러나 즐겁다.

충의(忠義). 헌신(獻身). 의기(義氣).

이따위 헛것에 몰입하는 놈을 짓밟는 일이야말로 최고의

약탈이니까.

"버텨 봐야 소용없을 게야. 이미 전황은 우리 쪽으로 기울었다."

"닥쳐."

서태량은 주눅 들지 않고 당당히 맞섰다.

다른 구역은 어떻게 됐는지 몰라도, 적어도 이곳만큼은……

"네놈들이 발도 못 붙이게 할 것이다!"

"오냐! 남은 네놈의 도마저도 방패처럼 구겨 주마!"

두 사람의 도가 한 치의 양보도 없이 허공에서 부딪쳤다.

서태량은 온몸으로 강한 반탄력을 느꼈다.

타곤이 호탕하게 웃음을 터트렸다.

"어떻더냐. 더는 견딜 수 없겠지?"

서태량은 타곤이 내리찍은 도를 받아 내며 이를 갈았다.

"이제 그럴 필요 없어."

"그게 무슨……."

"네놈 수하들과 네놈이 멀어질 만큼 멀어졌단 얘기다."

타곤은 순간 뒤쪽의 후방을 눈짓으로 돌아봤다.

서태량을 짓밟기 위해 흥분한 타곤은 자연히 대열을 무시하며 선봉으로 짓쳐 왔고, 호길을 비롯한 다른 가솔들은 어느새 벽이 되어 그 사이를 가로막고 있었다.

타곤은 몸이 쭈뼛 곤두설 만큼 서늘한 위화감을 느꼈다.

'설마.'

부우우웅!

동시에 강한 뿔피리 소리와 함께 골목 곳곳에 매복하고 있었던 성균과 다흑이 나머지 가솔들을 이끌어 수적들을 급습했다.

"한 놈도 남기지 말고 죽여라!"

"놈들의 결집력이 약화됐다! 놈들의 진형을 분쇄하라!"

성균을 필두로 한 가솔들은 송곳처럼 뾰족한 추형진으로 눈 깜짝할 새 수적들의 진형을 분쇄하며 사분오열하게 했다.

'이런! 방심했나.'

타곤은 황급히 돌아서려 했다.

전장은 수장의 역할이 컸다.

수장이 구심점 역할을 하지 못하면 진형은 쉽게 허물어지고, 두려움이 일파만파 퍼진다.

그러나.

"어딜 가느냐!"

순식간에 타곤의 움직임을 눈치챈 서태량이 그를 가로막고 섰다.

"이노오옴!"

분노하는 타곤에게 서태량이 일갈을 터트렸다.

"나는 네놈과 다르다. 네놈처럼 약탈하기 위해 싸우는 게 아니란 말이다! 나는……!"

서태량은 악운이 시호도를 하사하며 건넸던 말이 스쳐 지나갔다.

　－때에 맞추어 보호하는 도…… 좌의장에게 필요한 도 같군요.

"지키기 위해 칼을 들었다."

땅을 박찬 서태량의 시호도에는 어느새 유형화된 도기(刀氣)가 선명하게 맺혀 있었다.

한계를 넘어, 마침내 절정에 발을 들인 것이다.

타곤은 눈을 부릅떴다.

'지키기 위해서 싸운다고?'

궁지에 몰린 그의 눈이 차츰 붉게 물들어 갔다.

"나는 네놈 같은 족속들이 제일 싫다!"

이미 승기가 기울어진 이상 타곤의 목표는 오로지 서태량뿐이었다.

각자의 의지를 가진 타곤과 서태량의 도가 허공에서 다시 부딪쳤다.

콰지짓!

그리고 놈의 도와 다시 맞닿는 그 순간 서태량은 느꼈다.

이번에는 놈을…… 넘어설 수 있겠다고.

툭.

타곤의 목이 떨어졌다.

"허억, 허억……!"

서태량은 쉽게 호흡을 가라앉힐 수 없었다.

정말로 전력을 다했으니까.

혼자였다면 부족했을 것이다.

타곤은 도기를 일으킬 일종의 '계기'가 됐고, 그 계기에 이르기까지의 과정은…….

'호길과 악가상천대의 부대주들이 만들어 준 거나 다름없어!'

적들의 동선을 예측해 시가전에 유리한 전술을 고안한 건 어디까지나 호길의 계책이었다.

호사량을 통해 체득해 온 공부가 빛을 본 것이다.

그 계책이 아니었다면 타곤을 당황하게 하지 못했으리라.

서태량은 이 기회를 놓치고 싶지 않았다.

밀어붙여야 한다면 지금이었다.

"네놈들 수장의 목이 떨어졌다! 남아 있는 네놈들 모두 제녕 땅에 온 것을 후회하게 만들어 주마!"

혼란한 전장에 울려 퍼지는 서태량의 외침.

성균과 다흑 역시 그 외침에 호응했다.

"좌의장이 적 수장의 목을 베었다! 멈추지 말고 전진해라! 적들은 오합지졸일 뿐이다!"

"멈추지 마라! 나 다흑이 선봉에 설 것이다!"

적들을 헤집어 놨던 추형진이 순식간에 차륜진의 장점이 섞인 악가혼평진으로 탈바꿈했다.

전력의 압도와 승기가 악가에게 기운 것이다.

그러나…….

서태량은 위기였다.

'이런…….'

타곤을 따라 선봉대 역할을 하던 일부 수적은 본대(本隊)와 분열되어 퇴로가 막힌 데다가 타곤의 죽음으로 인해 광기로 치닫고 있었다.

"어차피 도망칠 곳은 없다!"

"놈의 목이라도 가져가자!"

"죽여!"

타곤의 죽음으로 인해 기세는 압도하게 됐지만, 아직도 수적의 숫자는 많았다.

더구나 서태량은 이미 손가락 하나 떼기도 힘들 만큼 지쳐 있었다.

으드득!

그래도 서태량은 다시 도를 고쳐 쥐었다.

"오냐! 오너라!"

그때였다.

디링-!

익숙한 비파음이 들렸다.

"잔인한 손속은 노을에 물들고, 핏빛이 된 사위가 나인지 사위인지 모르겠구나."

지쳐 있던 호길이 마지막 힘을 짜내 태량을 위해 음공을 펼친 것이다.

남궁진과 백훈의 비무를 참관하며 얻은 음상을 바탕으로 호길이 지은 음공이었다.

무정가(無情歌).

새로 창안한 음공의 파괴력은 굉장했다.

서태량에게 쇄도하던 수적 대열이 일제히 비틀거렸다.

"커허억!"

"쿨럭!"

동시에 눈과 코에서 피를 흘리며 내상을 입을 만큼의 위력.

하지만 서태량의 표정은 좋지 못했다.

'이미 지쳐 있는 길이로서는 최악의 선택이거늘!'

"길아! 그만하거라!"

무정가는 호길이 오로지 적을 쓰러트리기 위해 지은 악보였다.

그로 인해 음공의 파괴력은 호길이 가진 힘 이상의 것을 낼 수 있었지만, 대신 본인 역시 극한의 집중력과 내공 소모를 겪어야 한다.

그걸 견디지 못하면 되레 내상을 입게 된다.

서태량도 이를 알았던 것이다.

하지만 호길은 멈추지 않았다.

—차디찬 강호의 바람에 소슬한 시신이 된다 할지라도……

'멈추면 안 돼.'

호길은 더 이상 누구의 죽음도 바라지 않았다.

우애가 깊어진 서태량의 죽음은 더욱 더 그랬다.

'사부님의 죽음처럼 그냥 놔둘 수는 없어.'

서태량 쪽으로 향했던 수적들은 호길의 음공을 듣고 지푸라기처럼 스러지기 시작했다.

하지만 음공이 닿는 곳만 그러할 뿐.

음공이 닿지 않는 호길의 등 뒤는 무방비였다.

잔뜩 독이 오른 수적들이 이를 그대로 놔둘 리 만무했다.

"죽어라, 이노오옴!"

지켜보던 서태량이 비명을 지르듯 소리쳤다.

"빌어먹을!"

서태량은 남은 힘을 짜내 땅을 박찼다.

하지만 너무 멀었다.

'제발!'

호길은 달려오는 서태량을 보며 힘없이 웃었다.

"저는…… 괜찮습니다. 서 대협, 아니…… 형님."

호길이라고 뒤에서 날아오는 칼날을 모를 리 없었다.

하지만 모든 힘은 서태량을 살리기 위해 짜냈기에, 뒤쪽에서 쇄도해 오는 공격에 대응할 기력 따윈 가지고 있지 않았다.

쐐애애액!

마침내 호길의 등 뒤로 칼날이 꽂히려는 찰나.

"안 돼!"

전장에 서태량의 절규가 애타게 울려 퍼졌다.

화아아악!

콰직!

동시에 피가 튀며 비명이 들렸다.

"커허억!"

그리고 놀랍게도 방금 전까지 호길을 베려 했던 수적의 가슴에는 십자(十字) 검흔이 선명하게 박혀 있었다.

"현 소저?"

놀란 호길이 눈을 부릅떴다.

"싸우라고 보내 놨더니 두드려 맞고 있으면 어떡해요?"

"아, 그게……."

"됐어요. 어차피 이제 이쪽 차례니까."

"차……례라면?"

현비가 호길을 돌아보지도 않은 채 멈칫하는 수적들을 향해 걸어갔다.

"뭐겠어요? 반격할 차례지."

기다렸다는 듯 뿔피리 소리와 함께 유예린과 악가상천대의 가솔들이 합류했다.

부우우웅!

뒤늦게 지붕 위에 안착한 유예린이 이를 갈았다.

"가솔들을 도와 응전하라!"

이어서 서태량이 부서진 방패를 집어 들며 안도의 웃음을 터트렸다.

"으하하! 수적 놈들 벌벌 떨게 생겼구먼! 유 대주님을 도와라! 수적 놈들을 제녕에서 몰아내자!"

전멸이라는 결과가 머릿속을 스쳤는지 수적들의 얼굴이 새하얗게 질렸다.

⁂

"우에엑!"

백훈은 피를 토해 낸 후 이글거리는 눈으로 다시 자리에서 일어났다.

'아직 아니야. 더 버텨야 한다.'

물론 상대는 강했다.

사자동인 장사성.

놈의 명성은 결코 허명이 아니었다.

난전 속에서 놈이 휘두른 언월도의 위세는 그야말로 만인지적이라 부를 만큼 강했다.

처음에는 호사량과 합공했다.

그런데.

장사성은 마치 호사량과 원수라도 졌는지 오로지 호사량만을 노렸다.

그사이 금벽산은 장사성의 부채주에게 발목이 붙잡혀 돕지 못했고, 백훈 역시 내공 소모로 인해 탈진하기 직전이었다.

하지만 가장 크게 다친 건…….

"야! 살아 있냐?"

힐끗 내려다본 호사량은 종아리가 반쯤 뜯겨진 데다 두 팔이 기형적으로 꺾였다.

대답할 힘도 없어 보였다.

호사량의 곁을 지키고 있던 유준이 이를 악물며 외쳤다.

"말할 힘이 있으면…… 다시 가서 싸워. 부각주는 내가 지킨다."

쓰러져 있는 호사량의 배 아래쪽에는 이미 출혈량이 많았다.

그나마 유준이 급하게 혈도를 점해 지혈을 한 것이 다행이라면 다행이었다.

"젠장."

이를 악다문 백훈이 다시 땅을 박찼다.

가솔들은 장사성과 함께 온 수적 무리에게 대부분 죽었다.

남은 건 유준과 곁에서 방원진을 펼치고 있는 소수의 가솔뿐.

전술의 부재 따위가 아니었다.

장사성이란 놈이 이쪽의 고수들을 붙잡을 만큼 너무 강해서 전세가 완벽히 뒤집혔다.

갑자기 등장한 호몽과 백해채란 무리가 아니었다면 이 정도까지 팽팽하게 싸우지 못했을 것이다.

다행인 건……

"이제 희망이 있다는 거다!"

백훈은 다시 장사성에게 뛰어들어 호몽과 놈을 합공했다.

장사성이 합류한 백훈의 검을 쳐 내며 눈살을 찌푸렸다.

'감히…….'

이 버러지 같은 것들은 서로를 도와 가면서 끊임없이 버텼다.

아니 백훈을 비롯한 산동악가의 가솔 놈들이 전부 다 그랬다.

고수의 숫자, 대대의 숫자, 모든 면에서 최악일진대도 놈들은 악을 쓰며 다시 검을 쥐었다.

마치 희망이라도 있는 것처럼.

'그 이유가…… 네놈이었던 것이냐?'

장사성의 이글거리는 눈빛은 사력을 다해 덤벼드는 호몽을 향하고 있었다.

"수왕의 이름을 더럽히는 네놈을 반드시 죽여 주마!"

호몽은 악운이 오기 전부터 이미 최절정에 이른 최고수였다.

그의 합류는 악가에게 날개가 된 격이었다.

호몽을 보좌하는 여덟 명의 부장들이 정홍채를 필두로 천룡채의 무리들을 몰아붙였다.

"채주님을 도와라!"

"수왕의 명예를 더럽히는 자들을 처단하라!"

순식간에 뒤집히기 시작한 전세(戰勢).

게다가 이곳은 천룡채에게 유리한 수상(水上)이 아닌 지상이었다.

천룡오부(天龍五副) 중 제녕에 온 건 하태청을 포함해 세 명의 부장뿐이었고, 전력의 오 할 정도만 끌고 왔을 뿐이었다.

퇴각이 옳았다.

하지만 퇴각이라도 쫓기듯 결정하는 것은 장사성은 결코 받아들일 수 없었다.

"오냐. 내 너희에게 새로운 수왕의 위엄을 보이리라. 이것이 격의 차이다."

구구구구!

전력을 전부 끌어낸 장사성의 눈빛이 귀신 들린 듯 하얗게 물들어 갔다.

장사성의 절기, '귀왕공(鬼王功)'의 특성이었다.

귀신을 외는 주문이라 불리는 강신술과 무공을 접목시킨 장사성의 기공은 전장(戰場)에서 죽은 이들이 많아질수록 그 힘도 세졌다.

"모든 전장이 곧 내 귀역(鬼域)이니."

장사성이 들고 있던 언월도가 붉게 달아오르기 시작했다.

콰지짓!

구아아앙!

이제까지와는 비교도 안 되는 위력의 강기가 언월도에 담겼고, 장사성의 신체도 두 배는 커졌다.

커다란 실력 차이에도 기세 좋게 덤비던 호몽조차 멈칫할 만한 기세였다.

'맙소사…….'

그 찰나간의 머뭇거림을 장사성의 하얀 귀안(鬼眼)이 놓칠 리 없었다.

귀왕진천도(鬼王振天刀).

귀백참도(鬼魄慘刀).

호몽이 감히 가늠할 수 없는 일 도(一刀)가 그의 몸을 가르며 내리찍혔다.

그 순간.

장사성을 마주한 호몽은 그의 창이 덮쳐 오는 거대한 해일처럼 느껴졌다.

'빠져나갈 수 없어.'

오랜 세월 수왕께서 남기신 공부라며 부친을 통해 많은 수련을 거듭해 왔다.

마을에서는 촌장으로, 비공식적으로 백해채 채주로서의 소임을 다하기 위해 한 시도 다양한 공부를 게을리 하지 않았다.

그럼에도……

'무력하다.'

장사성이 전력을 다해 내보인 일 도는 오랜 시간 노력해 온 호몽에게 박탈감까지 느끼게 했다.

그렇게 거스를 수 없는 도가 그의 몸을 통째로 쪼개려던 그때였다.

"위험해!"

쾅!

사력을 다해 날아든 백훈이 몸을 날려 호몽을 강하게 밀쳐 냈다.

떠밀리듯 옆으로 날아간 호몽은 중심을 잃은 찰나에야 자신 대신 장사성의 도 끝에 놓인 백훈을 발견했다.

백훈의 눈은 말하고 있었다.

아직 안 끝났다고.

그제야 호몽은 돌아가신 부친이 해주었던 말이 스쳐 지나
갔다.

　－수왕께서 남기신 것은 한낱 무공만이 아니란다.
　－그럼 무엇인지요?
　－풍랑 속에서도 결코 노를 놓지 않는 집념이며 흔들리지
않는 부동의 정신이니라.

수왕을 잇고자 했으면서도 간과했다.
오히려 지금 자신을 구한 사내가 자신보다 더 수왕의 가르
침에 어울렸다.
호몽은 부덕한 자신을 탓했다.
'못난 놈 같으니라고!'
쿠당탕!
호몽은 어깨가 땅에 부딪치기 직전 다시 몸을 뒤집어 미끄
러지듯 착지했다.
"다시 싸우면 되거늘."
나직이 중얼거린 호몽이 다시 기세를 높인 순간.
이미 백훈은 떨어지는 장사성을 향해 모든 기력을 바친 검
초를 펼쳐 내는 중이었다.
'내가 해 온 공부는 결코 헛것이 아냐.'
장사성은 이제껏 상대해 왔던 적수들 중에서도 손꼽을 만

큼 강한 일 도였다.

하지만 최고는 아니었다.

'내가 쫓는 그림자는 악운. 그는 네놈보다 위에 있어.'

남궁문과 어깨를 나란히 할 만큼 강한 악운의 조언은 그의 모든 검에 깃들어 있었고, 남궁진과의 비무를 통해 체득된 공부는 그를 한층 더 성장시켰다.

더 나아갈 수 있다.

아니, 더 나아가야만 한다.

"준비는 충분해."

오랜 시간 닿지 못했던 검초를 해내야만 했다.

추혼무이룡. 강수검결.

이 두 가지를 모두 녹여 낸 새로운 검식(劍式).

당연하게도 검식의 창안을 도왔던 남궁진과 벌였던 비무들이 스쳐 지나갔다.

　－내게 소가주는 초식의 연계에 경계가 없어져야 한다고 조언해 줬소. 호흡, 흐름…… 모든 것이 하나의 흐름으로 이뤄져야 한다면서. 처음에는 이해하기 힘들었지만 이제 조금씩 알겠더군.

　－무엇을 깨달으셨소?

　－초식은 나뉘어 있으나 결국 하나의 무공으로 묶이오. 언젠가부터 나는 무공을 이해하여 초식을 펼치기보단 초식

을 펼쳐서 무공을 완성시키려고 했소. 주객이 전도됐다는 뜻이오. 나무를 보는 게 아니라 숲을 봐야 하오.

'나무를 보는 게 아니라 숲을 보고, 나무를 이해해야 한다.'

남궁진의 조언은 백훈에게 있어 최고의 충고였고, 그 덕분에 백훈은 새로운 무공에 한 발짝 더 다가설 수 있었다.

백훈은 내리꽂히는 언월도를 향해 눈을 치켜떴다.

'내 검은…… 끊임없이 또 흐른다. 격렬하게 부딪쳐도 끊임없이 파생하면서 흐른다. 용이 강을 만나 수룡이 되어 더 격렬해지고, 수십 개의 지류를 일으키니.'

이제 무공의 본의에 한 발 더 다가갈 수 있다.

수룡승천검(水龍昇天劍) 와룡각성(臥龍覺醒).

위태롭기만 하던 백훈의 검은 처음으로 장사성의 도에 흔들리지 않았다.

콰지지짓!

다음 권으로 이어집니다

꿈의 도약, 로크에서 하십시오
(주)로크미디어에서 신인 작가를 모십니다

즐거운 세상, 로크미디어는 꿈을 사랑하고 도전을 두려워하지 않는 작가 분들의 참신한 작품을 기다리고 있습니다. 21세기 장르 문학계를 이끌어 갈 차세대 선두 주자 (주)로크미디어에서 여러분의 나래를 활짝 펴 보시길 바랍니다.

모집 분야 판타지와 무협을 포함한 장르 문학
모집 대상 아마추어 작가, 인터넷 작가
모집 기한 수시 모집

작품 접수 시 유의 사항

1. 파일명은 작가명_작품명.hwp형식을 갖춰 주십시오.
1. 파일에 들어갈 내용은 다음과 같습니다.
   - 성명(필명인 경우 실명을 밝혀 주세요), 연락처, 이메일 주소
   - 제목, 기획 의도
   - A4용지 1장 분량의 등장인물 소개
   - A4용지 2장 분량의 전체 줄거리
   - 본문
1. 작품이 인터넷에 연재되고 있다면, 게시판명과 사이트의 구체적이고 정확한 주소를 기재해 주십시오.

선택된 작품은 정식 계약 후 출판물로 간행되어 전국 서점에 유통됩니다.
작가 분은 (주)로크미디어의 전폭적인 지원하에 전속 작가로 활동하시게 됩니다.
※ 자세한 내용은 로크미디어 홈페이지(rokmedia.com)를 참조하세요.

(04167)서울시 마포구 마포대로 45 일진빌딩 6층
(주)로크미디어 편집부 신간 기획 담당자 앞
전화 : 02) 3273-5135
www.rokmedia.com   이메일 : rokmedia@empas.com